Σ

dreamy state

orphische rhapsodien

Liebe, Tod, Verlust – Urthemen.

Auch für Ilana und Lorin, das Paar, das
alterslos alternd gemeinsam die Tage durch-
wandert, gemeinsam und dennoch
beide in der je eigenen Welt.

Bewusstseinszustände gehen ineinander über,
Zeitgrenzen lösen sich auf – alles denkbar,
alles erlebbar.

Orpheus, der Sänger, dem das Unmögliche
gelingt, die Götter der Unterwelt zu rühren,
sie zu überzeugen, ihm seine verstorbene
Gattin wiederzugeben. Durch Liebe verliert er,
was durch Liebe er errungen.

Philemon und Baucis, das alte Paar,
ihr einziger Wunsch:
keiner möge des anderen Tod überdauern.

Uralte Mythen, Ovids Metamorphosen,
geschrieben vor mehr als zweitausend Jahren,
erlebt heute.

Archetypen.

Susanne Cho, 1952 in Zürich geboren, besuchte das altsprachliche Gymnasium, studierte Kunstgeschichte und Psychologie, promovierte an der Universität Zürich. Fachausbildung in Psychotherapie.

susanne cho

dreamy state

orphische rhapsodien

Σ skepsis verlag

Reihe: skepsis & leidenschaft / Band 17

Bibliographische Information der Deutschen Nationalbibliothek:
Die Deutsche Nationalbibliothek verzeichnet diese Publikation
in der Deutschen Nationalbibliografie; detaillierte bibliografische
Daten sind im Internet
über http://dnb.dnb.de abrufbar.

www.skepsisverlag.ch
Lektorat und Umschlaggestaltung: Antonio Cho
Umschlagbild: Susanne Cho
Bilder: Susanne und Antonio Cho

Herstellung und Verlag: BoD – Books on Demand, Norderstedt
ISBN 9783759706447

Dem Friedhof Sihlfeld gewidmet
und seinen Bewohnern

POSSE PATI VOLUI NEC ME TEMPTASSE NEGABO
VICIT AMOR

ich wollte, dass ich es ertragen könnte und
ich werde nicht leugnen es versucht zu haben
Amor hat gesiegt

Ovid, Metamorphosen, X

Inhalt

Nänie

Auch das Schöne muß sterben! Das Menschen und Götter bezwinget,
Nicht die eherne Brust rührt es des stygischen Zeus.
Einmal nur erweichte die Liebe den Schattenbeherrscher,
Und an der Schwelle noch, streng, rief er zurück sein Geschenk.
Nicht stillt Aphrodite dem schönen Knaben die Wunde,
Die in den zierlichen Leib grausam der Eber geritzt.
Nicht errettet den göttlichen Held die unsterbliche Mutter,
Wann er, am skäischen Tor fallend, sein Schicksal erfüllt.
Aber sie steigt aus dem Meer mit allen Töchtern des Nereus,
Und die Klage hebt an um den verherrlichten Sohn.
Siehe! Da weinen die Götter, es weinen die Göttinnen alle,
Daß das Schöne vergeht, daß das Vollkommene stirbt.
Auch ein Klaglied zu sein im Mund der Geliebten ist herrlich;
Denn das Gemeine geht klanglos zum Orkus hinab.

Friedrich Schiller

1 Orange

Wie immer gegen elf Uhr morgens die Schieferplatte, das Mittelquadrat des Esstisches, reich beladen.

Matt schimmernd, ist sie Aufmerksamkeit gewohnt, doch zwei Mal am Tag überlässt sie die Hauptrolle vergänglichen Kompositionen. Ein Gemälde auf Glas diesmal: zwölf wohltemperierte Farbtöne.

Gelb-
glanz der fleischigen,
rot behäuteten Nektarine neben
taufrischem Heidelbeerblau, gefolgt von
zartem Melonenorange, dessen Tönung die
Himbeeren optimal in Szene setzt, auch, weil die
behaarten, dunkelrosa Fingerhüte ungefragt hinein-
greifen in den kühlen Würfelmix aus Birnengrün und
Birnenweiß, fast schon kühn der Kontrast zum dunkelglän-
zenden Pflaumenviolett, während die Kombination mit dem
angrenzenden matten Orange der Mispel perfekte Harmonie
andeutet, danach fiebrig wächsernes Erdbeerrot, opakes,
blasses Bananengelb, anstelle des strahlend glänzenden
Orangenfruchtfleisches nun sattes Apricot, überleitend
zu seidig schillerndem Ananasgelb, der Kreis sich
schließend im sinnbetäubenden Rotflackern
durchscheinender Granatapfelkerne, ihr
Auftritt höchst wirkungsvoll vor
Nektarinengold.

Prächtig das Kunstwerk, zweifellos, aber ephemer. Der Mann wirft einen prüfenden Blick über den Tisch … alles da, Bergjogurt für sie, Schafmilchjogurt für ihn, Quark, Nüsse, Kernen, Samen, Flocken, die Medikamente, die Gläser mit dem Magnesiumsaft, die beiden Gedecke, irgendetwas aber fehlt immer … Servietten. Der Mann geht zum Schrank, öffnet eine Schublade, entnimmt ihr zwei – kleine nur, das reicht zum Frühstück, auch wenn es die Stelle eines beachtlichen Mittagessens einnimmt –, die indischen mit den Elefanten, die sie so gerne hat.

Die Zeitung liegt bereit, vorerst aber die passende Musik für den Tag, ein Trompetenkonzert vielleicht, nein, doch eher Flöte für heute, Saverio Mercadante.

Aber es kommt anders. Sie verlieren sich in ein Gespräch, es erfordert Aufmerksamkeit, der Mann bringt Saverio Mercadante zum Schweigen, nicht aus Geringschätzung, im Gegenteil, weil die Musik unbeachtet bliebe und der Mann ihr das nicht antun mag. Über den Anfang der Dinge und die Götter sprechen sie, wie sie es so oft schon getan, am Ende nicht weiser als zuvor, um Weisheit geht es ihnen nicht, schon lange nicht mehr. Es ist das Feuer im Hier, im Jetzt. Ein Leben in der Gegenwart, außerhalb der Zeit. Mythisch.

2 Kranosaurier

Samstag. Täter war für einmal nicht der Lärm der nahen Baustelle, nicht er der Schlafräuber, diesmal waren es die Tauben. Türkentauben. Ihr Jammergesang verräterisch, der dreigeteilte klagende Ruf mit Betonung auf der gedehnten Mittelsilbe ein zweifelsfreies Indiz. Zwei Stunden vor den Baumaschinen hatten sie ihre Offensive eröffnet, eine endlose Folge sich wiederholender Klagelaute. Ilana beharrt darauf, dass es sich um russische Tauben handeln müsse, denn sie höre weder gru-gruu-gru noch du-duu-du als deren Klagelaut, sondern eindeutig ein russisches Pa-schaal-sta, der Vokal geschwächt, ein Laut zwischen a, o, e.

Sie seien aber aus dem Balkan westwärts migriert, aus Südeuropa, hatte Lorin entgegengehalten, insbesondere aus der westlichen Türkei, darum ihr Name.

Ilana ließ sich von simplem Lexikonwissen nicht beirren. Jedenfalls russischsprachige Türkentauben, ob er es denn nicht höre:

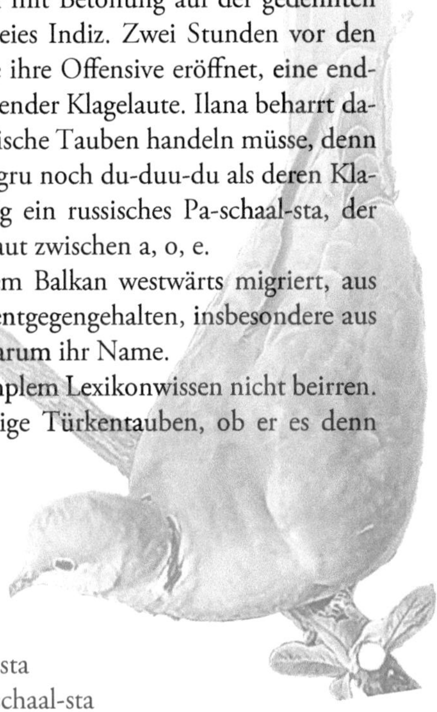

Pa-schaal-sta
Pa-schaal-sta
Pa-schaal-sta

Vielleicht hat sie ja recht, denkt Lorin, während er am späten Nachmittag Richtung Viadukt spaziert. Die Türkentauben siedelten ursprünglich auf einem Gebiet, das sich von der Türkei bis Japan erstreckte, ihre Migrationsgeschichte ist gut erforscht, die einzelnen Etappen ihrer Ausbreitung nach Europa in den 1930er Jahren im Detail belegt: Wien, Augsburg, Niederlande, Belgien, Schweden, Elsass – aber wer will schon wissen, ob nicht einige von ihnen einen Umweg über Südrussland eingelegt haben, bevor sie in den Fünfzigerjahren in die Schweiz gekommen sind. Inzwischen werden sie bald überall gesichtet, auf den Britischen Inseln, Island, der Polargegend, auf den Bahamas, den USA, Kanada.

Für den täglichen Lauf hat er eine seiner Lieblingsrouten gewählt, an der großen Wiese unter dem Viadukt vorbei. Er durchquert den Park, setzt sich auf eine Bank, um den Boulespielern zuzusehen, einer Gruppe von sechs gut gelaunten Männern, alle im Pensionsalter.

Klack.

Dem Spieler mit den buschigen Augenbrauen ist es gelungen, die gut platzierte Kugel des Gegners wegzuputschen. Applaus, selbst die gegnerische Partei klatscht. Eine eingeschworene Gemeinschaft.

Auch hier stolzieren Tauben, ganz ohne Scheu vor Menschen, picken nach Krümeln auf dem Sandplatz. Es sind gewöhnliche Stadttauben, weniger schön zwar als die vom Bosporus, ohne den dunklen Nackenring und deutlich fetter, dafür musikalisch begabter, diskreter auch, ihr Gurren kann man hören oder überhören. Abkömmlinge gezüchteter Tauben, im Unterschied zu den Türkentauben halbwegs domestiziert. Seit Jahrtausenden werden Tauben gezüchtet, Brieftauben schon in Olympia, auf Sieg spekulierende Athleten brachten sie mit, um ihre Gemeinde schnellstmöglich wissen zu lassen, dass man zum Fest rüste. Brieftauben bei Caesar, Melder aufflackernder lokaler Unruhen in Gallien, Rapport in Windeseile. Brieftauben auch im Dienst von späteren Armeen, eingeteilt bei den Fernmeldetruppen, aktive Mitglieder bis vor kurzem.

Die Tauben, die über den Bosporus kamen, wären als Boten bestimmt wenig geeignet, ihr penetrantes Rufen für geheime Missionen hinderlich, ihr Jammern unpassend für das Überbringen von Siegesbotschaften.

Bosporustauben … Tauben am Bosporus …

Am Bosporus. Klack!

Aufeinanderprallende Metallkugeln. Felseninseln. Zwei. Schlagen zusammen. Krachend. Unentwegt. Die gefürchteten Symplegaden. Wehe. Hätte das Schiff in jenem Augenblick versucht, die Meerenge zu passieren, die Felsen hätten es erbarmungslos zermalmt. Wie durch den Engpass rudern, bevor die Felsen wieder gegeneinanderkrachen … Rascheln, Flattern, eine Taube schlägt ihre Schwingen zusammen, bevor sie sich niederlässt. Versuchstäubchen. Ungewisses Los, Täubchen. Zur Erkundung losgeschickt.

Klack!

Zusammenprall. Heftiges Flattern, knapp mit dem Leben davongekommen, verloren ein paar Schwanzfedern nur. Bewegung. Aufgeregte Rufe der Männer. Ein schnelles Schiff, die Argo, das schnellste, ihr Ruf legendär. Rasant pfeilt es zwischen den Felsen hindurch, knapp bevor sie wieder zuschlagen.

Klack!

Johlen der Mannschaft. Erfolg. Erleichterung. Gerettet, dem Jenseits entronnen, erbeutet das goldene Vlies, heimwärts segeln die Argonauten.

Kein Klacken nunmehr.

Musikklänge indes, zauberhaft die Stimme, begnadet gar, das tobende Meer zu besänftigen, verderbliche Sirenengesänge unschädlich zu machen. Delfine umkreisen das Schiff,

Fische aller Art, Vögel lassen sich friedlich auf dem Segel nieder, Wellen kräuseln sich, still auch sie, der Musik zu lauschen. Lyra. Orpheus, Dichter, Sänger. Grenzgänger. Musik, besiegend den Tod.

Entschwunden die Boulespieler, die Partie zu Ende, kein Klacken mehr. Von Ferne der Klang einer Gitarre, im Gras ein Mann, er spielt für die Frau, die neben ihm sitzt, seine Klänge wecken das Interesse der Passanten, sie bleiben stehen, hören ihm zu. Ein älteres Paar nähert sich, schickt sich an, Geld in die offene Mütze zu werfen; der Sänger zieht die Mütze lächelnd zurück, setzt sie sich auf.

Kein Straßenmusiker.
Nicht für Geld.
Aus Liebe.
Sehnsucht er weckt.

Mit geschlossenen Augen lauscht Lorin der Musik. Dann endlich steht er auf, nähert sich der Treppe zum Viadukt, macht sich auf den Heimweg, ohne sich umzudrehen.

Auf der Höhe der Großbaustelle legt er einen Halt ein, inspiziert die Baufortschritte. Rückbau der altgedienten Kehrichtverbrennungsanlage, auf dem Areal, einer Fläche von 20'000 Quadratmetern, soll ein neues Quartier entstehen. Davon ist noch nichts zu sehen, dennoch nimmt das gigantische Spektakel ihn gefangen. Ein futuristisches Theater, Inszenierung des Abbruchs einer riesigen Anlage, unheimlich die Ansammlung der langhalsigen Krane, Kranosaurier. Eine Gruppe gefräßiger Kranosaurier, paleontologisch anmutende Riesenwesen, die unersättlich Stücke aus den hoch aufragenden nackten Wänden der Industriebauten heraushacken,

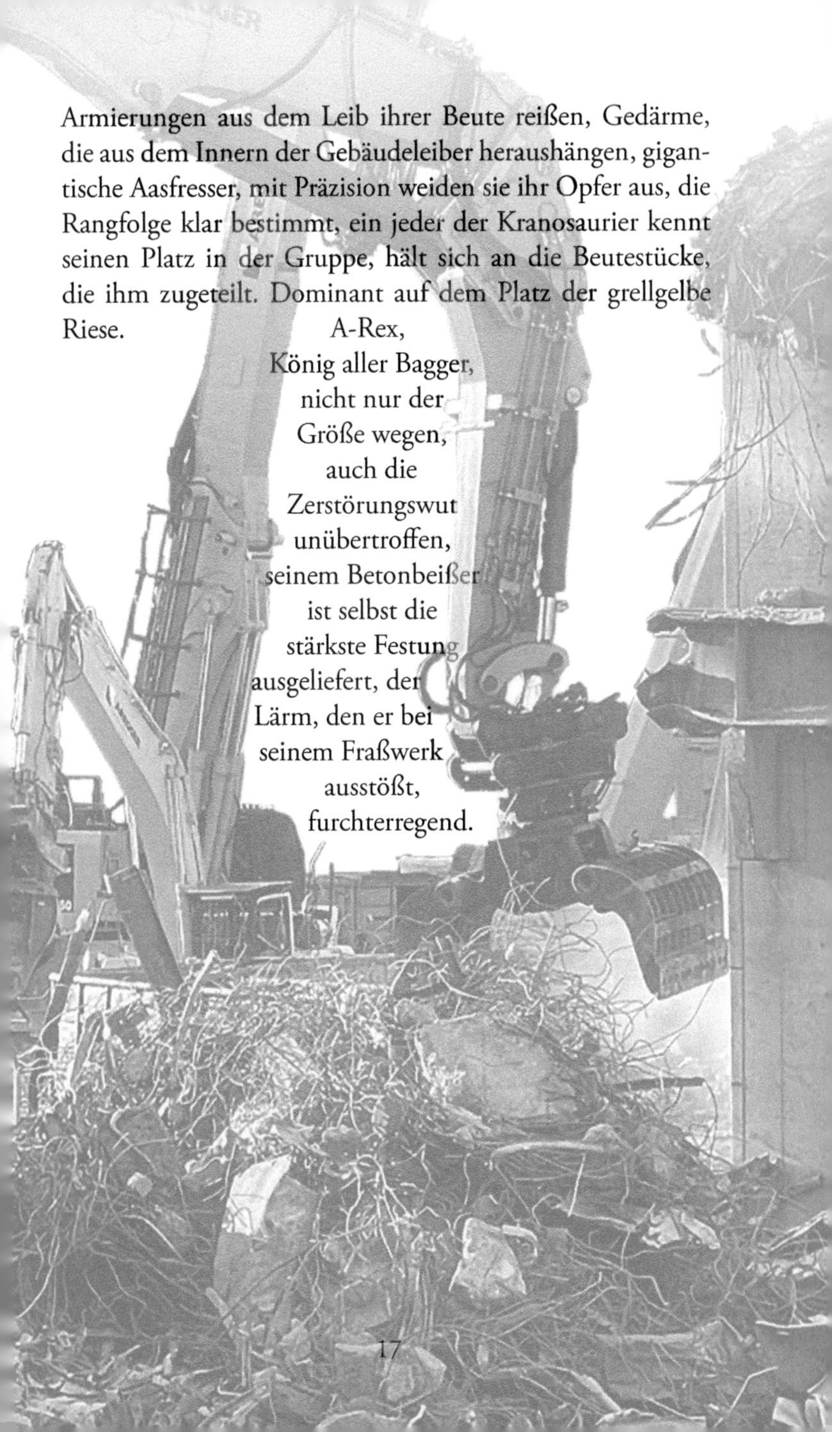

Armierungen aus dem Leib ihrer Beute reißen, Gedärme, die aus dem Innern der Gebäudeleiber heraushängen, gigantische Aasfresser, mit Präzision weiden sie ihr Opfer aus, die Rangfolge klar bestimmt, ein jeder der Kranosaurier kennt seinen Platz in der Gruppe, hält sich an die Beutestücke, die ihm zugeteilt. Dominant auf dem Platz der grellgelbe Riese.

A-Rex,
König aller Bagger,
nicht nur der
Größe wegen,
auch die
Zerstörungswut
unübertroffen,
seinem Betonbeißer
ist selbst die
stärkste Festung
ausgeliefert, der
Lärm, den er bei
seinem Fraßwerk
ausstößt,
furchterregend.

Wenn Lorin hier stehen bleibt, ist er selten allein, das gespenstische Geschehen fasziniert auch andere Beobachter, kaum einer, der die Szene nicht fotografisch festhält, sogar mit professionellen Kameras dokumentieren einige den Angriff, den Zerfall. Auch Lorin kann nicht widerstehen. Ein kurzes Video, damit er Ilana den aktuellen Stand vorführen kann, Geräuschkulisse inklusive.

Eine eigenartige Zone, nicht von dieser Welt. Tartaros. Tiefe Felsschluchten, trübes Licht, Staub, Schmutz, Lärm. Das Ächzen des gemarterten Tityos, dessen Eingeweide von Riesenvögeln herausgerissen werden, das Kreischen des sich unablässig drehenden Rades, auf dem Ixion gequält, das Donnern der herunterstürzenden Felskugel des Sisyphos.

Lorin schüttelt den Kopf, blickt in die Tiefe. Nein, er kann sich Sisyphos nicht als einen glücklichen Menschen vorstellen.

3 Nespola

Tägliches Ritual, die Schieferplatte reich beladen, das Fruchtgemälde diesmal auf schwarzglänzendem Untergrund.

Keine
Mispeln,
das dunkle Pflaumenviolett
muss ohne seine delikate italienische Geliebte
auskommen, zu sensibel die Nespola,
leuchtendrote Johannisbeeren an seiner
Seite. Zwischen Aprikosensamt und
Ananasseide das gesprenkelte Rot
der Erdbeeren. Klar dominant die
Heidelbeeren,
türmen sich zu einem gefährlich lockeren Berggrat,
ein Heidelbeerschlag jederzeit möglich,
als Mahnung zwei blaugrau bereifte
Beeren
neben dem
Tellerrand
auf dem Tisch.

Gedecke für zwei. Alles bereit, nur die Hauptpersonen, denen dieser Aufwand gilt, fehlen.

Zum Bäcker ist es nicht weit, ein paar Schritte nur, Lorin sollte längst zurück sein.

Ilana stellt die morgendlichen Medikamente zusammen, holt die Post aus dem Briefkasten, wenige Briefe, ein flaches Paket, erwartet seit Tagen, ein Buch.

Unruhig tritt sie auf den Balkon, nichts zu sehen außer Baumaschinen, unangenehm der Lärm.

Schließt das Fenster, geht zum Arbeitszimmer, startet das Notebook.

Unerwartet setzt der Lärm der Baumaschinen aus, Mittagspause. Nur die Türkentauben scheren sich nicht um die Mittagsruhe, ihr Rufen konstant, dazwischen, unbeeindruckt vom Gejammer der Tauben, der muntere Gesang einer Amsel.

Der durch den Anbruch der Mittagspause unvermittelt ausgelöste Wandel der Szenerie vor Ort entlässt Lorin endlich nach Hause.

Schweigsam sitzt er am Tisch, gedankenverloren, bemerkt nicht einmal die besorgten Blicke Ilanas ihm gegenüber auf ihrem gewohnten Platz.

Nein, alles in Ordnung mit ihm, antwortet er zerstreut auf ihre Nachfrage, starrt ins Leere. Aber ja, er habe etwas Sonderbares erlebt, drüben bei der Baustelle.

Wie so oft war er auf dem Heimweg stehen geblieben, diesmal nicht bei den Straßenarbeiten – die ganze Umgebung wird mit dicken Rohren an Fernwärme angeschlossen –, sondern an der Stelle, wo die neue Häuserreihe entsteht. Früher war dort ein Restaurant mit einem idyllischen Garten auf der Rückseite, von weit her waren Gäste gekommen, um sich unter den Platanen kulinarisch verwöhnen zu lassen. Das alte Haus war einem neuen Projekt zum Opfer gefallen, neben ihm ein weiteres, kleineres, beides Baumeisterhäuser. Nun war dort ein neuer massiver Komplex am Entstehen, man konnte zusehen, wie er in die Höhe wuchs.

Als Erstes hatte man die Bäume entfernt, den Garten zu einem Bauplatz geebnet, wo bald schon wuchtige Bagger stationiert wurden. Im Nu konnte man sich nicht mehr vorstellen, dass sich hier einst ein kleines Paradies mit schattenspendenden Bäumen verborgen hatte. Danach wurde das Dach mit brutalen Attacken zum Einstürzen gebracht. Schutzplanen bewahrten Passanten und Autos vor herumfliegenden Ziegeln. Bald wurde man Zeuge, wie scharfe Baggerzangen Armierungen aus dem Gebäude rissen. Man musste vorsichtig zu Werke gehen, das Abbruchhaus war angebaut an ein anderes, das bestehen bleiben sollte, unbeschadet. Eine Zeit lang stand nur noch die Frontfassade des alten Baumeisterhauses, arg lädiert, bizarr das Knallblau des Himmels hinter leeren Fensteröffnungen, als wohnte der Himmel im Haus. Flatternde Fetzen eines Sonnenstorens, über der Türöffnung, unversehrt, zwei Voluten, Stützen eines nicht mehr vorhandenen Balkons, ein zerrissener Streifen eines Bambusrouleaus, wo einst die Türe.

Infernalischer Lärm. Lautes Krachen beim Aufprall sich lösender Gesteinsbrocken. Staubwolken nach jeder Attacke, Steinlawinen, präzis ausgelöst. Getöse auch beim Aufprall des Bauschutts in den riesigen Wannen.

Nach längerer Abwesenheit dann zum ersten Mal Blick in die Tiefe, ein riesiges ausgehobenes Areal, Platz für eine weitläufige Unterwelt. Tiefgarage.

Seit einigen Monaten der Aufbau, systematisch, Stockwerk um Stockwerk, ohne Überraschungen, voraussehbar, konventionell, weit weniger dramatisch als der Abriss.

Doch heute war er, entgegen aller Erwartung, gebannt stehen geblieben, unfähig sich zu lösen aus dem Geschehen, dessen Zeuge er wurde. Nur wenige Schritte wären es bis nach Hause gewesen, er hatte es nicht geschafft. Nicht das rege Treiben auf den Gerüsten des Neubaus hatte ihn so lange gefesselt, es war ein Vorfall in einer der Baracken auf der gegenüberliegenden Straßenseite. Während die Bauarbeiter noch beschäftigt waren, hatte sich der Vorarbeiter in die Baracke zurückgezogen. Dort führte er ein außergewöhnliches Telefongespräch, so außergewöhnlich, dass Lorin nicht anders konnte, als mit seinem Brot unter dem Arm stehenzubleiben und zu lauschen.

Ja, worum ging es eigentlich, sinniert Lorin auf Ilanas Nachfrage, als ich dort unter dem Baum stand und horchte, gab es für mich keinen Zweifel, aber jetzt, wenn ich darüber nachdenke, ist es so gar nicht möglich, es sei denn, es handelte sich um eine Filmszene.

Genau genommen war es so absurd, dass er höchste Mühe hatte es auszusprechen, selbst vor Ilana.

Der Vorarbeiter hatte nach kurzen Grußworten einen Namen genannt, Borlotti, ja richtig, wie die Bohne, hatte er gesagt, nein, er mache keinen Witz, der Mann heiße tatsächlich so …

Ich dachte zunächst, er wolle ihn auf irgendeinem Amt anmelden, denn er gab Heimatort, Geburtsdatum und Zivilstand an – verheiratet, zwei Kinder. Aber dann wurde klar, dass es sich um einen Verstorbenen handeln musste, den er anmelden wollte, aber nicht etwa auf dem Sterbeamt oder einem Friedhofssekretariat, sondern, als ginge es um eine Hotelbuchung für eine Unterkunft im Reich der Verstorbenen. Von Garten war die Rede, aber nicht von Paradiesgarten, ob es sich bei dem Aufenthaltsort um eine Art

Himmel oder Unterwelt handelte, war nicht auszumachen. Der Vorarbeiter sprach ruhig, ohne jede Aufregung, er erweckte den Eindruck, dass es sich um einen ganz alltäglichen Vorgang handelte.

Ja, Borlotti sei allein unterwegs, sagte der Vorarbeiter. Nein, kein Vegetarier, er esse gerne Fleisch und Fisch, sei gesellig, kinder- und tierfreundlich, er fahre gerne Auto, habe immer von einem Lamborghini geträumt, vor allen Dingen aber sei er ein großer Tifoso … Nein, das sei ein Missverständnis, sagte der Vorarbeiter nach einem kurzen Unterbruch, mit der Mafia habe er nichts zu tun, ob er denn das Wort nicht kenne, Tifoso heiße Fan, Borlotti sei ein großer Fußballfan. In der Sektion für Mafiosi würde er sich unwohl fühlen, fehl am Platz. Drogen? Kein Thema.

Der Mann schaute auf seine Armbanduhr. Falls noch Fragen offen, könne man ihn gern kontaktieren, jetzt aber sei Mittagszeit, er müsse das Gespräch beenden, die Kollegen vom Bau würden zum Mittagessen in die Baracke kommen.

Erst als der Mann aufgelegt hatte und im Begriff war, die Baracke zu verlassen, habe ich mich eiligst entfernt.

Ob das sein Konzept für einen neuen Roman sei, will Ilana nach einiger Zeit des Schweigens wissen. Gewiss, sein Einfallsreichtum sei unerschöpflich, aber die Art und Weise, wie er berichtet habe, beunruhige sie, er wirke verstört und erschöpft.

Sie steht auf und stellt ein Glas Wasser vor ihn hin. Er trinkt es in einem Zug leer. Dann kocht sie ihm eine stark gesalzene Bouillon, gießt etwas kaltes Wasser nach, damit sie sofort trinkbereit ist. Er fühlt sich müde und verwirrt, legt sich hin.

Nach einer halben Stunde geht es Lorin bedeutend besser. Der Appetit zurück, mit Freude mischt er Nüsse und Früchte in den Jogurt, isst ein Honigbrot, genießt seinen Espresso, danach einen zweiten. Die Müdigkeit verflogen, die Stimmung nicht mehr bedrückt, seine Gedanken klar.

Wie ich jetzt über den Vorfall denke? Ich erinnere mich an jede Einzelheit, das Ganze kommt mir absurd vor, wie aus einem surrealen Film. Aber ich bleibe dabei, nichts ist erfunden, ich habe alles so erlebt, wie ich es erzählt habe, kein Wort hinzugedichtet. Frag mich nicht nach einer Erklärung, ich habe keine und das ist verdammt unangenehm.

Der Versuch eines Themenwechsels will nicht so richtig gelingen, auch die Zeitung hilft nichts, sie können sich beide kaum auf den Text konzentrieren, es lesen nur die Augen.

Ilana lässt die Zeitung sinken, es muss doch eine Erklärung geben, sie blättert zu den Todesanzeigen. Vielleicht habe er ja den Namen in der Zeitung gesehen, in einer Todesanzeige der letzten Tage. Sie startet eine Suche auf dem Internet, Stadt Zürich, Meldung von Todesfällen … Nichts. Vielleicht sind sie nicht auf dem neuesten Stand, vielleicht war es gestern in der Zeitung, vielleicht …

Lorin schüttelt nur den Kopf. Was würde das schon erklären, natürlich, er könnte den Namen theoretisch irgendwo gelesen haben, sich nicht mehr daran erinnern, er könnte sich Frau und Kinder gemerkt haben, passiv, ohne Absicht, manchmal bleiben Dinge hängen, auch ganz unnütze, als Schüler wusste er oft, an welcher Stelle auf der Seite eine Vokabel stand, die er hatte lernen müssen. Aber das mit Borlotti war eine ganze Geschichte, und der Vorarbeiter hatte sie jemandem am Telefon erzählt, jemandem, den er zu kennen schien, mit dem er offenbar öfter telefonierte.

Ob er den Vorarbeiter auf das Telefonat ansprechen könnte …

Auf keinen Fall, ein fremdes Gespräch zu belauschen, wäre ja noch verzeihlich, aber eine absurde Geschichte wie diese, er würde sich wie ein Verrückter vorkommen.

4 Stätte der Begegnungen

Begonnen hatte es ganz harmlos, er war zur Zahnarztpraxis gefahren, im Behandlungsstuhl hatte er sich so entspannt gefühlt, dass er beinahe eingeschlafen wäre. Danach hatte er beschlossen, den Heimweg zu Fuß anzutreten, mindestens, so sein Vorsatz, einen Teil davon, zehntausend Schritte wären ideal. Er wollte es von der Hitze abhängig machen, es war am frühen Nachmittag bereits ziemlich heiß und die Temperaturen würden im Laufe der kommenden Stunden noch tüchtig steigen. Also nahm er den Weg durch den Friedhof, die zahlreichen Bäume würden ihm Schatten spenden auf seinem Lauf. Ein monumentales, aber feingliedriges Eingangsportal empfing ihn, auf der Innenseite eine doppelte Brunnenanlage mit steinerner Sitzreihe im Halbrund, über dem Brunnen eine liegende Frau, auf dem gespiegelten Pendant ein Jüngling, die Symbolik unmissverständlich. In direkter Verlängerung der Zypressenstraße auf Stadtseite führt nach dem Eingangstor eine stille, von Zypressen gesäumte Allee direkt zum alten Krematorium. Ein kurzer Weg nur

von der quirligen Stadt
zur ewigen Ruhe.

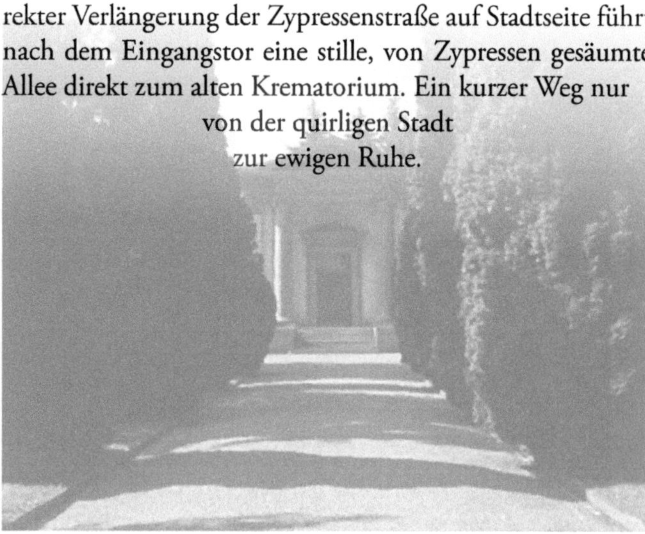

Weitläufiges Gelände, architektonisch reich gestaltete Grabmäler, Skulpturen, Engel in allen Dimensionen, spiegelsymmetrisch angelegte Grabfelder, dann wieder parkähnliche Flächen mit hohen, alten Bäumen, Wiesen, Reihen einfacher Gräber, Alleen, gesäumt von Zypressen, Thuja, Platanen. Kreuzungen. Urnennischen, Efeumauern, Brunnen, man könnte sich leicht verirren zwischen den vielen Reihen, Engeln, Grabsteinen, Namen …

Zunächst lediglich mit dem Ziel, möglichst hitzeverschont auf seine zehntausend Schritte zu kommen, war er durch schattige Alleen geschlendert, hatte wahllos einen Blick auf das eine oder andere Grabmal geworfen. Seine Schritte zufällig, einmal lockte eine Grabstätte in Gestalt einer Tempelruine seine Neugierde, dann ein Engel mit Posaune, ein Obelisk, eine monumentale Urne, auf der ein Putto mit Schmetterlingen spielte. Schmetterlinge … Kein Zufall. Viele Engel, schöne Gestalten, alle ausgesprochen weiblich. Ein abgestürzter, verstümmelter Ikarus mitten unter den Engeln. Einziges männliches Flügelwesen auf dem Areal, abgesehen von männlichen Exemplaren unter den Vögeln, Schmetterlingen und anderen Insekten, die in der Luft schwirrten, ein ausgedehntes Biotop mit all den Bäumen, Sträuchern, Wiesen und Blumen.

Lorin wusste, dass zahlreiche Berühmtheiten hier lagen, doch nur zufällig war er an Gottfried Kellers Grabmal gelangt, es war allerdings durch seine abgesonderte Lage auf einer tannenbestandenen Insel nicht zu übersehen.

Dort hatte ihn eine Reisegruppe eingeholt, Besucher aus der französischen Schweiz, auf einem Rundgang durch den Friedhof Sihlfeld. Eine Weile hörte er der melodiösen Stimme der Vortragenden zu, erfuhr auf diese Weise in kondensierter Form von einer Reihe von Prominenten, die auf diesem Friedhof ruhten, berühmte Politiker wie August Bebel, Lokalpolitiker, Stadträte, die erste Zürcher Stadträtin Emilie Lieberherr, Susanna Orelli-Rinderknecht, Ärztin und Begründerin des Zürcher Frauenvereins, die Schriftstellerin Nanny von Escher, Architekten und Ingenieure, die mit ihren Bauten die Stadt geprägt, Gustav Gull, der Erbauer des Landesmuseums, das sie am Vormittag besucht hätten, Arnold Bürkli, ja genau, der vom Bürkliplatz, dem die Stadt Zürich Bahnhofbrücke, Bahnhofstraße und Quaianlage verdanke, bedeutende Persönlichkeiten aus Forschung und Wissenschaft, Marie Heim-Vögtlin, die erste Ärztin der Schweiz, ihr Ehemann, der Geologe Albert Heim, Sohn Arnold Heim, Geologe wie der Vater. Einige Teilnehmer der Führung schienen sich von den vielen Namen überfordert zu fühlen, immerhin animierte die Erwähnung des Fußballers und Trainers Köbi Kuhn ein paar Gesichter zu einem lebhaften Nicken. Die Referentin, sie sprach nun deutlich schneller, war bei den Kunstschaffenden angelangt, nannte Rudolf Bernhard, den Gründer des hiesigen Bernhard Theaters, diverse Musiker, Maler, Schriftsteller, sie wies auf das Portrait Gottfried Kellers, auf die ihm benachbarten Gräber im Schatten mächtiger Tannen, die Stadt habe den vier miteinander befreundeten Künstlern Gottfried Keller, Rudolf Koller, Richard Kissling und Alfred Bluntschli diese Ehreninsel gewidmet, in ihrer Nähe hätten Werner Morlang, Walter Mehring, Hugo Loetscher und andere Kunstschaffende ihren Platz erhalten.

Jetzt aber, sie legte eine Pause ein, um das schwindende Interesse der Zuhörenden einzufangen, werde sie die Gruppe zum Grab einer Persönlichkeit führen, die ihnen sicher allen bekannt sei, der Autorin Johanna Spyri, der Schöpferin der berühmten Romanfigur Heidi. Auf den meisten

Gesichtern widerspiegelte sich bei dieser Ankündigung ein erinnerndes Lächeln, mit Heidi waren alle vertraut, dem Alpöhi, dem Geißenpeter, der gelähmten Klara, dem unsäglichen Fräulein Rottenmeier, ein Murmeln erhob sich, als sie eiligen Schrittes hinter der Führerin dem angegebenen Ziel zustrebten.

Lorin hatte gezögert, ob er sich der Führung anschließen sollte, sein Interesse war geweckt, warum nur die Friedhöfe fremder Städte besuchen, den Père Lachaise in Paris, den Zentralfriedhof in Wien, die Friedhofsinsel Venedigs.

Gemächlichen Schrittes folgte er der Gruppe, ließ den Abstand immer größer werden, betrachtete die Grabsteine der Künstler, die sich um Gottfried Keller scharten: Bluntschli, der Architekt, der Bildhauer Richard Kissling, Rudolf Koller – war das nicht der, der die Gotthard Post gemalt hatte? Er begegnete den Malern Richard Lohse und Mario Comensoli, Prominenten der Literaturszene, Werner Morlang, Walter Mehring. Lorin stellte sich vor, worüber die sich wohl unterhielten, wenn sie denn könnten, über ihre Werke? Bestünden Rivalitäten? Wären die Zeitgrenzen aufgehoben? Wie kämen sie zurecht mit der engen Nachbarschaft, es gab doch auch welche unter ihnen, die Einsamkeit schätzten. Oder würde letzten Endes doch das Privatleben im Vordergrund stehen. Er begutachtete die Inschriften. Fünf von acht Gräbern der Prominenten, die man in der Nähe von Gottfried Keller angesiedelt hatte, enthielten auch die Asche ihrer Gattinnen. Er verglich die Lebensdaten und machte eine erstaunliche Entdeckung: Maria Bluntschli, die Frau des Architekten, hatte ihren Mann um zehn Jahre überlebt. Alle anderen Frauen waren kurz nach dem Tod ihres Lebensgefährten ebenfalls verstorben, meist schon nach einem Jahr oder wenig mehr. Beim Grabstein von Mario und Helene Comensoli stand unter den Namen der beiden die Inschrift: *DOVE SEI TU LI SONO IO.* So erstaunlich war diese Koinzidenz auch wieder nicht, dachte Lorin, was wäre für ihn ein Leben ohne Ilana, wo blieben Lebensfreude und Lebenswille.

Er verließ die Schar um Gottfried Keller, ging vorbei an Gräbern von lokalen Politikern, blieb kurz stehen bei August Bebel und seiner Frau Julie, las deren Namen und Lebensdaten auf dem gemeinsamen Obelisken. In ihrem Fall war es Julie, die drei Jahre vor August gestorben war. Auch Emilie Lieberherr bewohnte ihr Grabfeld mit ihrer Lebensgefährtin, sie war ihr, obwohl jünger, im Tod um vier Jahre vorausgegangen.

Um Johanna Spyri war es längst wieder still, als er dort anlangte. Er freute sich über die Ruhe, näherte sich der Grabstätte, einem Familiengrab. Eine merkwürdige Familie, jedenfalls was die Familie der Steine betraf. Der Grabstein Johannas in der Mitte deutlich größer als die flankierenden Steine von Ehemann Bernhard und Sohn Bernhard Diethelm, die Inschrift dürr, Name, Lebensdaten, nichts über den Grund für die überragende Größe des Gedenksteins für Johanna. Der Psalm wirkte trostlos auf Lorin, schon fast bitter, die Sprüche auf den beiden anderen Steinen ebenso. Suchend blickte er sich um. Keine Spur von Heidi, Heidis heile Welt vielleicht eher der Sehnsucht der Autorin entsprungen als ihrem eigenen Leben. Er prüfte die Lebensdaten, vierundsiebzig Jahre alt war sie geworden, hatte gerade noch den Anbruch des zwanzigsten Jahrhunderts erlebt, der Ehemann, Stadtschreiber, siebzehn Jahre vor ihr verstorben, der Sohn sogar einige Monate vor dem Vater. Johannas Tätigkeit als Autorin mit keinem Wort erwähnt. Was weiß man über ihr Leben, ihre Ehe, ihre Wünsche. Es trieb ihn fort von diesem tristen Familiengrab, er ging auf eine große

Blutbuche zu, Zentrum eines symmetrisch angelegten quadratischen Feldes, von dem sternförmig acht Wege abgingen, schlenderte auf Kieswegen zwischen Gräbern und Monumenten auf der Suche nach einer geeigneten Bank.

Am Hauptweg stand sie, eine grüne Bank mit Blick auf die Grabfelder, die Anlage geometrisch durchgeplant wie in einem französischen Park. Doch das Gewirr von unterschiedlichen Grabsteinen, Bauten und Monumenten widersetzte sich der Strenge der Symmetrie, die wohl nur auf dem Papier des Planers bestanden hatte. Höchst unübersichtlich wirkte dieser Teil, ja gar labyrinthartig. Die Bank zog ihn an, er setzte sich hin. Im Smartphone suchte er nach Johanna Spyri. Als viertes von sechs Kindern geboren, Vater Arzt, Mutter Dichterin, Pietistin. Die Ehe mit Bernhard Spyri sei nicht glücklich gewesen, las er und wunderte sich nicht, während der Schwangerschaft und viele Jahre danach habe sie unter Depressionen gelitten.

Die Bank, die ihn erwählt, sonnenerwärmt. Kaum Schatten trotz hoher Bäume, Kiefern vermutlich. Eine einfache Wasserstelle, Wasserhahn, silberne Metallgießkanne. Halbhohe Büsche, Kirschlorbeer, Efeu, auffallend viele immergrüne Pflanzen. Sempervirens. Friedhöfe sind ganzjährig bewohnt. Besucher auch im Winter. Bei Sommerhitze aber wäre Schatten gefragt. Warum nur hatte er sich auf diese Bank setzen müssen. Vor der Bank Steinplatten. Wärmespeicheröfen mitten im Sommer. Geruch von Harz. Betörende Hitze. Unwiderstehliche Trägheit. Somnolenz.

Er schloss die Augen, einen Moment nur, raffte sich dann aber zusammen.

Wo genau war er hier, der Plan im Internet zeigte, dass er sich im ältesten Teil befand, Sektor A, unweit des Krematoriums, des ersten der Schweiz. Eine konfessionsneutrale Begräbnisstätte, damals eine Neuheit für die Stadt, las er auf der Website des Friedhofs, ursprünglich Centralfriedhof genannt, zunächst als alleiniger Friedhof für die noch kleine Stadtgemeinde gedacht. Hinweis auf einen Audiowalk, keine schlechte Idee. War es gelungen eine passende Stimmung zu schaffen? Man könnte ja kurz hineinhören.

Er betrachtete die Anlage, nicht nur die Grabfelder waren gespiegelt, auch die Bank, auf der er saß; eine unsichtbare Symmetrieachse schuf eine Teilung in ein Hier und ein Dort. Spiegelsymmetrie. Tod und Leben spiegeln sich. Er hörte auf die Geräusche des Friedhofs, die Rufe der Tauben, diskret gurrende Exemplare, keine Türkentauben. Raben. Ein Kauz, zweisilbig, kumm-mit … kumm-mit … eine Aufforderung?

Zu früh, was meint der wohl, Ilana wartet auf ihn, ohne ihn würde seine Eiche verdorren, Ilana, ihm bliebe ohne sie nur Dunkelheit, ein Schattendasein ohne Musik, ohne Sprache. Schatten ohne Licht.

Auf der gespiegelten Seite sah er jetzt eine Frau auf der Bank. Sie saß dort wohl schon eine Weile, lauschte ihrerseits den Vögeln, warf ihm mehrmals einen Blick zu, abweisend, als würde er sie bei irgendetwas stören.

Von ferne nahend hörte er schwerfällige Musik. Ein Trauerzug?

Als er wieder zur Spiegelbank blickte, hatte sich eine zweite Frau genähert.

Sie auch hier, sagte die erste. Setzen Sie sich doch.

Die beiden schienen sich zu kennen. Die neu Hinzugekommene fragte nach dem Befinden der ersten.

Wie immer, sagte diese mit einem bitteren Lächeln, was sich denn schon ändern sollte. Sie langweile sich zu Tode. Aber vielleicht könne Marie ihr ja etwas Neues berichten, falls man hier nach Neuem fragen dürfe.

Fragen dürfe man schon, aber eben, Neues gebe es nicht wirklich hier, eher Altbekanntes, über Langeweile könne sie dennoch nicht klagen mit all den Mitbewohnern, zu neunt seien sie inzwischen, nun schon aus der Enkelgeneration, alles Familie, nicht immer einfach, aber nie langweilig. Nur die Tiere vermisse sie, den Kolkraben, die Hunde, vor allem Wotan, der sie bei Hausbesuchen jeweils begleitet habe.

Wotan? Der Hund? Das muss ich meinem Mann erzählen, er ist ein glühender Verehrer Wagners, ein Intimus, könnte man sagen.

Hat er denn Humor? Wenn nicht, findet er es vielleicht unpassend, wenn ein Hund den Namen Wotan trägt.

Ihr Gegenüber seufzte.

Ob sie denn noch Schmerzen empfinde, fragte Marie die Frau, die mit trister Miene auf der Bank saß.

Es sei nicht die Krankheit, die ihr zu schaffen mache, längst nicht mehr. Mit ihr könne sie ja offen sprechen, sie sei schließlich ihre Ärztin, inzwischen zwar nicht mehr die einzige Frau Tokter, aber die beste, und obendrein stets diskret, eine wichtige Voraussetzung, denn sie möchte, was sie ihr anvertraue, nicht in einer Biografie über Johanna Spyri wiederfinden. Es sei das Zusammensein mit ihrem Mann, dem Bernhard, die Einsamkeit, die sie mit oder eher neben ihm erlebe. Niemand verstehe das, er sei doch ein musisch veranlagter Mensch, ein Mann von Welt, Stadtschreiber, Jurist, Redaktor, eine öffentliche Person, verkehre im Hause Wagner, gehöre dort zum engsten Zirkel. Man könnte meinen, es gäbe viel Gesprächsstoff, aber zwischen ihnen beiden sei wenig Verbindendes, er habe sich immer schon mehr für seine Arbeit interessiert als für sie. Und nein, Humor sei nicht seine Stärke.

Und der Sohn?

Bernie … er sei ihr irgendwie fremd, fern. Verpasste

Jahre, von Nebeln verschluckt, eine Depression, schon während der Schwangerschaft. Dann sei Bernie gestorben, Tuberkulose, keine neunundzwanzig Jahre, noch bevor er wirklich etwas erlebt habe … Der rede nicht viel.

Stille.

Sie habe niemanden, mit dem sie sprechen könne, der sie verstehe, sich für sie interessiere.

Ob nicht auch sie die Menschen abweise durch ihre Verschlossenheit.

Es gebe durchaus Menschen, denen sie sich nahe fühle, die Familie Meyer, Betsy, die verstehe ihr Innerstes, teile ihre Sehnsucht nach Geborgenheit im Herrn. Aber sie sei eben nicht hier, fern schon lange, auch Betsys Bruder Conrad Ferdinand vermisse sie.

Die Ärztin schwieg, ließ Johanna reden und seufzen.

So, nun aber genug von all dem Elend, jetzt solle Marie von sich erzählen, Geschichten könnten heilend wirken, aufbauend, belebend, wenn man das so sagen dürfe. Das sei der Grund, warum sie sich überhaupt ans Schreiben gemacht habe, auf Anregung eines Pfarrers in Bremen.

Die Ärztin schien zu überlegen, blickte zweifelnd in Richtung des Familiengrabes der Spyris.

Sie wisse nicht, ob ihr das helfen würde, sie habe doch so anders gelebt. Zunächst sei zwar alles verlaufen, wie man es erwarte für eine Frau. Sie habe sich früh verliebt, in Friedrich Erismann, ihren Cousin. Als seine Verlobte habe sie sich in der Rolle der zukünftigen Arztgattin gesehen, als Rückgrat der Familie, Hausfrau, Mutter. Dann, nach zwei Jahren, sei die Beziehung jäh zerbrochen und damit auch ihr Lebenswille. Marie hob den Kopf, suchte die Baumwipfel ab, horchte. Ein Kolkrabe, sagte sie, vielleicht unser Hausgenosse, den ich gesund gepflegt habe, wie ein Falke setzte er sich jeweils auf meine Hand, wenn ich den Arm ausstreckte, vollführte einen Riesenspektakel, wenn eine fremde Person in meine Nähe trat. Sie blickte wieder in die Bäume, doch der Rabe blieb verborgen. Damals, nach der Trennung, hätte ich nichts dagegen gehabt sofort abzutreten, erstaunlich, dass ich mich von der Typhuserkrankung erholt habe.

Und der Friedrich, wollte Johanna wissen, nun nicht mehr seufzend, was denn aus dem geworden sei.

Er hat sich in eine Russin verliebt, Nadeschda Prokofjewna Suslowa, eine Medizinstudentin, die erste Frau, die in der Schweiz promovierte, um es genau zu nehmen. Die beiden haben kurz darauf geheiratet.

Wie? Schon kurz darauf? Das müsse ja schlimm gewesen sein für Marie, empörte sich Johanna. Depressionen?

Sie habe arg gelitten, das schon, dann aber einen Entschluss gefasst. Ich habe mir in den Kopf gesetzt, Medizin zu studieren, wenn die Nadeschda das kann, sagte ich mir, dann schaffe ich das auch. Heimlich habe sie begonnen Latein zu lernen und all den erforderlichen Stoff der naturwissenschaftlichen Fächer, der ihr für das Studium gefehlt habe. Zu ihrer Überraschung habe der Vater, obwohl konservativ und Pfarrer, ihr die nötige Erlaubnis gegeben und auch die horrenden Studiengebühren der Hochschule bezahlt.

Aha, alles dieser Russin wegen.

Marie lachte, nicht nur, aber bei ihr habe ich gesehen, dass ein Studium auch für Frauen möglich ist. Die Suslowa hat den Frauen die Türe zur Universität geöffnet, bald sind ihr Hunderte gefolgt, zunächst vor allem Russinnen, nur wenige Schweizerinnen und Frauen aus anderen Ländern. In Zürich war die Stimmung an der Hochschule recht offen, ganz anders als in Leipzig, da gab es im Hörsaal Pfeifkonzerte wegen mir. Frauen seien für ein Medizinstudium physisch, psychisch und intellektuell inkompetent, war damals die Meinung, und es verstoße gegen die Sittlichkeit, wenn in Anwesenheit einer Frau die männliche Anatomie zur Sprache komme, und überhaupt verstoße es gegen die göttliche Ordnung.

Johanna schüttelte den Kopf, sie sei ja bei Gott eine fromme Person, aber das gehe auch ihr zu weit.

In Dresden, fuhr Marie fort, wo sie während ihrer Assistenzzeit Vorlesungen besucht habe, hätten ihr die Professoren das Pfeifkonzert nur ersparen können, indem sie sie in einem Vorzimmer warten ließen, um dann gemeinsam mit ihr den Hörsaal zu betreten.

Das Kichern Johannas wirkte nun schon fast ausgelassen, die Geschichten aus alten Zeiten schienen ihr gut zu tun.

Heute ist es keine Hexerei mehr als Frau Medizin zu studieren, aber damals … Nach der Promotion sei der Kampf weitergegangen, man habe ihr die Praxisbewilligung verweigern wollen, ihr Vater habe sich dann aber erfolgreich für sie eingesetzt.

Dennoch habe Marie es geschafft, meinte Johanna, allen Widerlichkeiten zum Trotz. Erste Ärztin …

Marie schüttelte energisch den Kopf. Der Platz der Nummer eins gehörte stets der Suslowa, sie hat mir überall vor der Nase gestanden, in der Medizin wie auch bei meinem Verlobten Friedrich, er ist ihr nach der Heirat nach Sankt Petersburg gefolgt. Diese Russinnen … Schön, intelligent, selbstbewusst … Aber glücklich ist er mit ihr nicht geworden.

Ob sie ihn denn nie verschmerzt habe, den Friedrich.

Es habe Jahre gebraucht, aber dann sei sie darüber hinweggekommen, habe ihren Albert kennengelernt, den Bruder ihrer Freundin Sophie, eine gute Wahl. Nie habe Albert ihr einen Stein in den Weg gelegt bei ihrer beruflichen Tätigkeit, auch nicht, als die Kinder da gewesen seien, sie habe ja damals nach der Heirat für alles seine Einwilligung benötigt, im Gegenteil, stolz sei er gewesen, dass sie gemeinsam ein fortschrittliches Leben führten. Ein brillanter Geologe, mit dreiundzwanzig schon Professor an der ETH, er habe es geschätzt mit seiner Frau auf Augenhöhe zu leben. Aber leicht sei das nicht gewesen mit der Praxis im Wohnhaus, dem Aufbau der Pflegerinnenschule, den Kindern Arnold und Helene, dem Pflegekind Hanneli, dem Hund, dem Raben, Haus und Garten …

Sie wundere sich, wie denn das habe gehen können, alles gleichzeitig …

Es musste gehen, wir hatten keine Wahl, Vorzeigepaar für eine moderne Lebensweise waren wir in Zürich. Gewisse Kreise warteten geradezu auf unser Scheitern, um dann hämisch von der Kanzel zu predigen, man habe schon immer gesagt, der Platz der Frau sei zu Hause als Stütze des Ehemannes und Mutter der Kinder. Diesen Triumph hätten sie den Konservativen nicht gönnen mögen. Doch für ihr modernes Leben habe sie teuer bezahlt. Zwar habe man sie nicht fertig gemacht wie die Kollegin Caroline Farner, dafür sei sie zu vorsichtig gewesen, habe streng auf ihren Ruf geachtet, bei heiklen Behandlungen stets einen männlichen Zeugen dabeigehabt für den Fall, aber angenehm sei das nicht gewesen.

So ein Leben wäre in ihrer Zeit für eine Frau nicht möglich gewesen, sagte Johanna dezidiert, schon gar nicht mit ihrem Bernhard.

Aber berühmt sei sie ja dennoch geworden mit ihrem Heidi, erfolgreich schon zu Lebzeiten, Heidi sei zum Weltstar geworden.

Ja, das Heidi ist in der Welt herumgekommen, mit den Übersetzungen hat es bereits ein Jahr nach Erscheinen begonnen, zuerst ins Französische, dann ins Englische, ich habe gar keinen Überblick mehr, jedenfalls konnte ich davon als Witwe komfortabel leben, war dann selber auch auf Reisen, als ich nach dem Tod von Sohn und Mann allein lebte. Vor allem mit Meyers …

Warum denn von ihrem Erfolg nichts zu lesen sei auf dem Grabstein, nicht einmal der Hinweis *Schriftstellerin*.

Ja nun, so sei das eben, das sei damals nicht wichtig gewesen, vor dem Herrn spiele es ohnehin keine Rolle.

Aber bei ihrem Ehemann stehe sehr wohl *Stadtschreiber* unter seinem Namen, da habe es vor dem Herrn offenbar doch eine Rolle gespielt.

So sei das eben, zumindest damals. Auch sie habe teuer bezahlt, Depressionen, Einsamkeit, Langeweile – bis heute.

Nur fünfzehn Jahre liegen zwischen unseren Grabsteinen, gab Marie zu bedenken, nicht der Rede wert.

Immerhin habe Marie Ärztin werden können, obendrein den Weg für andere Frauen gepfadet. Ob denn auf ihrem Grabstein der Beruf erwähnt sei?

Jawohl! Dr. med. Marie Heim-Vögtlin, stehe auf dem Gedenkstein, aber ja, einfach sei es nicht gewesen. Heute würde sie das nicht mehr auf sich nehmen, zumal es gar nicht mehr nötig wäre, dafür zu kämpfen. Ihre Tochter habe es vorgezogen Krankenschwester zu werden, und religiös sei sie obendrein, die Helene, sie und Albert hätten zwar nie dagegen geredet, aber es gebe ihr schon zu denken, wenn sie ihren eigenen Weg von der Pfarrerstochter zur Atheistin vor Augen habe. Sohn Arnold wiederum sei ein Pantheist, aber ein kritischer Geist, dem müsste niemand mit der Kirche kommen …

Johannas Gesicht war anzusehen, dass sie Maries Bemerkungen ganz und gar nicht guthieß. Bevor Johanna zu einer Belehrung ausholen konnte, stand die Ärztin auf, verabschiedete sich mit entschuldigenden Worten, die Familie werde sich schon Sorgen machen, zumal sie ja hier ohne Wotan unterwegs sei.

Doch so widerstandslos wollte Johanna ihre Gesprächspartnerin nicht ziehen lassen. Was denn aus dem Friedrich geworden sei nach seiner Heirat mit der Suslowa.

Nun, wie gesagt, glücklich sei er nicht geworden mit der Russin, aber das müsse sie ihn schon selbst fragen, er sei ja auch hier.

Johanna schüttelte noch immer den Kopf, murmelte missbilligende Worte vor sich hin, auch als sich Marie schon längst mit eiligen Schritten entfernt hatte.

Diese modernen Frauen … Sie hätten ja auch eine in der Familie, Emilie Kempin Spyri, ihre Nichte, ebenso berühmt wie die Marie, immerhin die erste Juristin in der Schweiz. Aber Emilie sei ausgewandert nach Amerika, hier habe sie zwar studieren können, die Bewilligung für eine Anwaltspraxis habe man ihr jedoch verweigert, ebenso die Tätigkeit als Dozentin. Ein Leben lang habe Emilie um ihre Rechte gekämpft, bis sie daran zerbrochen sei. Ein schlimmes Ende, Irrenanstalt in Berlin, Irrenanstalt in Basel, Verarmung. Ihren Tod in jungen Jahren habe sie noch miterlebt. Nun sei Emilie für immer in Basel … Aber ob sie sich mit der verstanden hätte … Wenn nur Betsy da wäre, Betsy würde sie verstehen.

Mehrmals wandte sie beim Sprechen den Blick zu Lorin. Störte sie sich noch immer an ihm? Oder war sie im Gegenteil drauf und dran ihn direkt anzusprechen?

Bevor sie das tun konnte, erhob er sich von seiner Bank.

In der Ferne hörte er gedämpfte Geräusche der Stadt, nicht störend, eher beruhigend. Das Grab der Steinfels, ehemals Volmar, was ging es ihn an, dass sie aus einer Henkersfamilie stammten. Ihr Grab in der Nähe einer Blutbuche. Innen Totholz.

Er entfernte sich von den Gräbern, ging auf die großen Wiesen zu, wo es Leute gab, die sich sonnten. Unten liegen die Gebeine der Toten, über ihnen sonnen sich die Lebenden. Nur eine Schicht Erde trennt sie voneinander. Es stört weder die Lebenden noch die Toten.

Hier wird nicht geplant, es ist das Reich der Wildblumen: Gänseblümchen, Margeriten, hoher Kerbel, Hahnenfuß, Taubnessel, gelb und lila blühend, wilde Glockenblumen, Klee, vor allem aber Löwenzahn, verblühte filigrane Kugelstrukturen. Wind über hohen Gräsern, sanft, doch ausreichend, Wolken von Löwenzahnsamen auf ihre Reise zu schicken.

Lorin setzte sich auf eine Bank, bewacht von einem Engel mit Lockenhaar, hörte das Krächzen eines Raben, folgte mit halbem Ohr den Ausführungen des Engels über den physikalischen Austauschprozess auf zellulärer Ebene … verbundene Kohlenstoffatome … zerlegt, als Kohlendioxid freigesetzt … jedes Leben besteht aus vorangegangenem Leben, Gänseblümchen tragen Bausteine von Mammuts in sich, Nekrophoruskäfer verwandeln Verwesendes … das Krächzen der Raben, mehrere diesmal … Raben nehmen Totes in die Lüfte und verteilen es als Stickstoff … sein Blick suchte die Raben, zwei von ihnen hatten sich niedergelassen, stocherten im Gras … Pflanzen entstehen etwa aus Schmetterlingen, Mäusen oder Menschen, die in Molekülen in immer neue Lebewesen wandern …

Ein Eichhörnchen hatte sich in die Nähe gewagt, blickte neugierig in seine Richtung. Ein Eichhörnchen, woraus es bestehen mochte. Als es davonhuschte, folgte er ihm.

Das Gelände, das er nun betrat, war ein großer Park, hier gab es keine Gräber mehr, jedenfalls keine Grabsteine auf der Oberfläche, die hatte man weggeräumt, nur hohe Bäume, Gehölz, Alleen, ab und zu eine Sitzbank. Kaum Leute. Ein Pilzsammler. Bienen schwirrten umher. Ob man hier Bienenvölker hielt. Blütenhonig. Waldhonig. Friedhofhonig. Wieder begegnete er einem Eichhörnchen. War es dasselbe? Es führte ihn auf einen Nebenweg, kletterte elegant den Baumstamm hoch, sprang auf einen Ast. Er setzte sich gegenüber auf einen Baumstrunk, schaute den Ameisen zu, die emsig ihre Arbeit verrichteten, offenbar wusste jede, was sie zu tun hatte. Ein Paradies für Tiere, Insekten aller Art, Schmetterlinge, Fledermäuse, die hier Nahrung fanden, Heerscharen von Vögeln, Spatzen, Amseln, Raben, Kauze und natürlich Tauben, wie könnte es anders sein, bestimmt gab es hier auch Wild, Rehe wie in anderen Wäldern, Füchse, Dachse, Nager aller Art, Igel, Frösche. Nun waren es schon zwei Eichhörnchen, sie verfolgten einander um den Stamm der Eiche, kamen dann näher, schienen zu lauschen. Ob sie die leise Musik hörten, die aus seinem Smartphone kam, Gitarrenklänge, die Stimme eines Mannes. Tauben ließen sich vor ihm nieder. Auf der Suche nach Brotkrumen? Nein, er hatte nichts. Die Raben hatten aufgehört zu picken, Schmetterlinge setzten sich auf einen blühenden Strauch.

Eine Amsel begann zu singen, wollte sie ihn animieren? Was scharten sich all diese Tiere um ihn, war da nicht eine Maus unter jenem Blatt? Rehe. Hirsche. Füchse und Dachse. Was erwarteten sie alle von ihm? Was wollt ihr von mir, soll ich etwa singen?

Panik befiel ihn, er drehte die Musik laut, die Gitarrenklänge schepperten, mit rauer Stimme sang der Mann seine Ballade … *in der Hölle stirbst du nicht* …

Nach und nach trollten sich die Tiere, was sie da hörten, gefiel ihnen gar nicht, die Blindschleiche krümmte sich, die Vögel entflogen in die Lüfte, wer konnte, vergrub sich unter die Erde, die Eichhörnchen flohen.

So rührt man keinen in der Unterwelt, hörte er es krächzen, er habe noch einen weiten Weg vor sich, müsse noch viel lernen, falls er eines Tages …

Der Rabe schüttelte sein Gefieder, flog auf, jagte hinter den Eichhörnchen her und scheuchte sie vor sich her.

Vorbei an alten Tannen, Rotbuchen, zwischen Zypressen, Thuya und Platanen, vorbei an Engeln, Kreuzen und Obelisken, zwei Sphingen blickten auf ihn herab, Karpfen glotzten ihn an, als er an ihrem Wasserbecken vorbei hetzte, Gewässer, Übergänge zwischen Leben und Tod, dahinter das Krematorium, ein Kauz, kumm-mit, kumm-mit.
Quietschen von Bremsen,
Krachen des Aufpralls.
Ihnen bleibt nicht mehr so viel Zeit.
Totenglocke.

Zeit, den Friedhof zu verlassen.

5 Banane

Lorin versucht seine Gedanken zu sortieren, die Geschichte ist wirr, mindestens ebenso abstrus wie der Fall Borlotti, noch viel verrückter hört sie sich an, wenn er sie mit Distanz betrachtet, erst recht, wenn er sie jemandem erzählt, Ilana, wie er das eben getan.

Ein Verrückter würde sich selbst aber nicht als verrückt empfinden, war Ilanas Entgegnung, vielmehr erschiene ihm sein eigenes Erleben als ganz normal. Sie hatte die ganze Zeit ohne Unterbrechung zugehört.

Das konnte Lorin nicht beruhigen, im Gegenteil, denn er kam sich nicht wie ein Verrückter vor. Wie die Sache mit Borlotti hatte er im Augenblick des Geschehens auch dieses Erlebnis als selbstverständlich empfunden. Verrückt daran war lediglich, dass er im Nachhinein eine Erklärung für all die ungereimten Phänomene benötigte, eine Erklärung, die niemand ihm geben konnte, am allerwenigsten er selbst.

Er betrachtet den Glasteller
mit den geschnittenen Früchten,
keine Bananen.
Wenngleich die Süße
des tropischen Gewächses
keiner Jahreszeit unterliegt,
musste die Banane
ihren Platz räumen,
stattdessen Brombeeren,
schwarzglänzend
lockend.

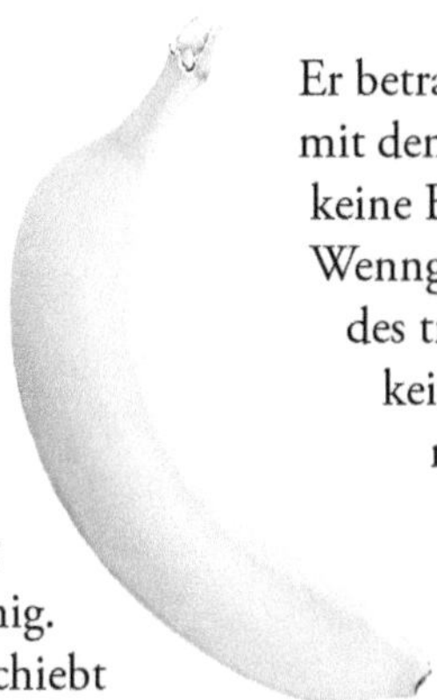

Ihnen
bleibt
nicht mehr
so viel
Zeit.
Den Platz
räumen.
Die Nacht
war unruhig.
Er schiebt
den Teller
weg.

Irgendeine Erklärung werde es doch geben, hört er Ilana sagen, wenigstens Zusammenhänge. Nach denen müssten sie suchen. Bei Borlotti habe sich die Sache immerhin soweit geklärt, als sie seine Todesanzeige in der Zeitung aufgestöbert hätten, die habe Lorin vermutlich gelesen, bevor ihm die Geschichte bei der Baustelle widerfahren sei. Natürlich, das Telefongespräch des Vorarbeiters bleibe mysteriös, vielleicht doch Resultat seiner Begabung, sich von Anregungen immer weiter ins Uferlose und Zeitlose treiben zu lassen und so zu kreativen Ansätzen zu gelangen, eine Art Tagträumen, angeregt durch Tagesreste, befeuert durch seine Lust am Schreiben.

Lorin schüttelt den Kopf. Nein, so habe es sich nicht angefühlt, es komme schon vor, dass er mitten im Geschehen mit seinen Gedanken abschweife und sich in eine andere Welt begebe, aber das könne er sehr wohl wahrnehmen und einordnen, eher sei es so gewesen wie im Schlaf. Man erlebt doch im Traum die absurdesten Dinge, ohne sie absurd zu finden, sie sind während des Träumens höchst real, erst im Wachzustand stellt sich eine Distanz dazu ein, man stößt sich an fehlender Logik, beurteilt das Geschehen als nicht möglich.

Dennoch könne die Traumrealität von großer Wirkung sein. Träume seien auf ihre Art auch Wirklichkeit wie Filme oder Dichtungen, die mit ihren speziellen Mitteln der Bilder und der Sprache etwas ausdrücken wollten.

Oder wie ein Gemälde, sagt Lorin und blickt auf das Arrangement der Früchte. Auch das Fruchtgemälde spricht, täglich neu, immer anders. Man kann es betrachten, es lesen, oder man übersieht es. Diese Brombeeren hier … Sie erzählen von Sommer, Hitze, duften nach Wald, auch wenn sie vermutlich gezüchtet sind. Ihr Duft verbindet sich mit Erinnerungen aus früheren Jahren, Sommerwald,

Wanderungen, Körbchen zum Pflücken, halb gefüllt. Die Eindrücke aber leben jetzt, taufrisch, ich rieche den Duft, ganz deutlich.

Er zieht den Teller in seine Nähe, schnuppert an den Brombeeren, der Appetit ist zurück.

Auf dem Tisch liegen nun Pläne und eine Broschüre zum Friedhof Sihlfeld. Lorin erinnert sich nicht, wann und wo er sie gekauft hat. Auf dem Friedhofsforum?

Beim Recherchieren auf der Website des Friedhofs wird Ilana auf den Hörspaziergang aufmerksam.

Ja richtig, da habe er kurz hineingehört, erinnert er sich, keine Ahnung, wie lange er auf dem Gelände gewesen, auch nicht, wie er nach Hause gekommen sei. Es habe keine Zeit gegeben, alle Grenzen hätten sich aufgelöst. Das höre sich jetzt wieder verrückt an, wenn er das so erzähle.

Auf Ilanas Vorschlag hören sie gemeinsam den Audiowalk von Anfang bis zu Ende.

Ilana nickt ab und zu mit dem Kopf, erleichtert, wie ihm scheint, notiert ein paar Gedanken.

Tatsächlich stimmen einige Elemente seiner Erzählung mit der Hörgeschichte überein. Der Audiowalk als Brunnen, aus dem er geschöpft: Der Kauz mit seinem *kumm-mit, kumm-mit*, der Totenmarsch, der Textfetzen *in der Hölle stirbst du nicht* aus der Ballade des Sängers mit der Gitarre, Sätze wie *Tod und Leben spiegeln sich,* oder *die Gewässer als Übergang zwischen Leben und Tod,* das mahnende *Ihnen bleibt nicht allzu viel Zeit*, das Grab der Steinfels, der ursprünglichen Henkersfamilie, die Blutbuche, *innen Totholz*, die Totenglocke, das mysteriöse Quietschen von Bremsen, der darauf folgende Aufprall, die ganze Passage über die Transformation von Leben, die Gänseblümchen mit den Mammutbausteinen, die Nekrophoruskäfer, die Raben …

das habe ihn angeregt auf seiner Friedhofwanderung, und er habe die Geschichte weitergesponnen.

Das treffe vielleicht zu, meint Lorin, erkläre aber nicht den Kernpunkt des Erlebten. Das Wichtigste, das Gespräch zwischen Johanna Spyri und Marie Heim-Vögtlin, komme gar nicht vor in der Inszenierung des Hörspaziergangs.

Die Eröffnung des Gesprächs, *Sie auch hier?*, stamme aber sehr wohl aus der Hörgeschichte. Ilana sucht den Anfang der Inszenierung, man hört die Klänge eines Totenmarsches, zuerst von weitem, dann immer näher kommend, die Musik leicht verjazzt. Dann die ersten Worte, gesprochen von einer Frauenstimme: *Sie auch hier?*

Tatsächlich, sagt Lorin.

Den Rest habe er wohl selber eingeflochten, die Touristenführerin habe ja über Johanna Spyri gesprochen und Heim-Vögtlin als erste Schweizer Ärztin erwähnt. Er habe sich danach gewundert über das triste Grab der Spyri, sich gefragt, was man über sie wisse. Ilana tippt den Namen in ihr Smartphone, aber ja, da könne man alles nachlesen über Johanna Spyri, ihre Depressionen, auch finde sich ein Hinweis auf Heim-Vögtlin, ihre Ärztin. Danach habe er vermutlich über Marie Heim-Vögtlin nachgeforscht, sei dann auf den Verlobten Friedrich Erismann gestoßen, auf die Suslowa … Vielleicht habe er danach die Gedenkstätte der Familie Heim gesucht und das Grab von Maries Verlobtem Friedrich Erismann. Marie habe doch erwähnt, dass er auch da sei.

Er könne es nicht mit Sicherheit sagen, entsinne sich nur vage, dass er vor dem Krematorium gestanden, eine sonderbare Anlage, auf einer hohen Mauer zwei finstere Sphinxwesen, dazwischen der Eingang, auf dem Vorplatz ein Wasserbecken mit Fischen, Treppenstufen zur Vorhalle mit dorischen Säulen, dahinter ein byzantinisch anmutender Kuppelbau, beidseitig ein Arkadengang, der an den Kreuzgang eines Klosters anklinge.

Ob er sich nicht erinnere, im Arkadengang die Gedenkplatte der Familie Heim gesehen zu haben.

Nein, er habe kein Bild vor sich. Nicht einmal beim Krematorium sei er sicher, ob er es aufgesucht habe, es werde ja im Audiowalk ausführlich beschrieben und er habe im Internet Bilder davon gesehen …

Anhand des Friedhofsplans versucht Lorin nachzuvollziehen, welche Route er genommen haben könnte, doch sie lässt sich nicht rekonstruieren, da er beim Hören nicht immer dem vorgeschlagenen Weg gefolgt war. An den alten Teil des Friedhofs könne er sich genau entsinnen, auch an die Wiesen, den Park, die hohen Bäume, die Wildblumen, die Tiere … Ja, an die Tiere erinnere er sich ganz besonders deutlich, die Eichhörnchen, die Bienen, die Schmetterlinge und die vielen verschiedenen Vögel mit ihrem Gesang. Aber Sektor D mit dem großen Krematorium?

Vielleicht erinnere er sich an die Gedenkstätte von Henry Dunant. Ilana zeigt ihm ein Bild, ein alleinstehendes auffälliges Grabmonument am Rande des Friedhofgeländes, ein efeubewachsener Pavillon aus Stein mit Ziegeldach, errichtet für Henry Dunant, den Gründer der Rotkreuzbewegung, im Inneren, zurückversetzt, eine Statuengruppe aus weißem Marmor, ein barmherziger Samariter, der sich eines Verwundeten annimmt, dahinter eine riesige Gedenktafel für Henry Dunant. Es sei das berühmteste und meist besuchte Grab des Friedhofs, liest Ilana.

Lorin schüttelt den Kopf, nein, das habe er nicht gesehen, daran würde er sich erinnern.

Und das kolossale Grab bei den Blutbuchen für die Putzfrau Maria, von dem ganz am Schluss der Hörgeschichte die Rede, die sich ein Mausoleum aus Marmor bestellt und dabei gleich für hundert Jahre bezahlt habe?

Das habe er mit Sicherheit nicht gesehen, die Erzählung sei ihm neu, er habe wohl die Friedhofsgeschichte nicht bis zum Ende gehört. Auch der Rückweg … Keine Erinnerungen, er wisse nicht einmal, ob er zu Fuß gekommen sei oder mit dem Tram.

Lorin und Ilana beschließen, den Friedhof und einige seiner Bewohner gemeinsam zu besuchen. Sie nehmen sich vor, den ganzen Audiowalk abzulaufen und auf jedes Detail zu achten.

Sobald die Hitze nachlassen würde.

6 Familientreffen

Es sei mit einer solchen Wucht über ihn gekommen, dass er einfach nicht anders habe handeln können, sagte Friedrich. Man hätte ihn noch immer eher für einen Künstler gehalten als für einen Arzt; stand man ihm gegenüber, ahnte man, dass er in jungen Jahren auf Frauen anziehend gewirkt haben musste, nicht nur auf seine Cousine Marie Vögtlin, mit der er sich verlobt hatte. Er habe durchaus gewusst, wie sehr Marie unter der Trennung leiden würde, habe sogar Angst gehabt um sie, und trotzdem …

Ja, erwiderte der Gesprächspartner Friedrichs, Mutter habe es damals sicher schwer gehabt, die erste große Liebe … von den meisten überschätzt, vielleicht nicht überschätzt, aber falsch eingeschätzt, als einmaliges Naturereignis begriffen, ohne Kenntnis über das Wesen des Vulkans, der jederzeit wieder ausbrechen könne. Sein Blick verlor sich in der Ferne. Arnold, deutlich jünger als Friedrich, war alt genug, um auf eigene vulkanische Eruptionen zurückblicken zu können. Mutter sei ja damals noch so jung gewesen, ohne Lebenserfahrung, wäre Friedrich blindlings gefolgt, ohne sich zu fragen, was für sie selbst gut …

Friedrich schickte sich an zu protestieren, doch Maries Sohn ließ ihm keine Gelegenheit dazu.

Im Grunde genommen, sagte Arnold in einem Ton, der keinen Widerspruch duldete, hat sich die Trennung durchweg positiv ausgewirkt. Durch den Schock hat sich Marie aufgerappelt, ihr Leben selbst in die Hand zu nehmen, selber Medizin zu studieren, statt sich mit der Rolle als Ehefrau eines Arztes zu begnügen.

Friedrich blickte nicht erfreut.

Wäre ihr der Schock der Trennung erspart geblieben,

hätte sie vielleicht ein weniger erfülltes Leben geführt. Nicht wegen dir, aber wegen der Lebensumstände …

Letztendlich ist es für alle gut verlaufen, aber in der Situation weiß man das nie im Voraus.

Wollen wir nicht ein paar Schritte gehen, schlug Arnold vor, es braucht ja nicht die ganze Sippe mitzuhören, wenn wir über alte Geschichten reden.

Ja, mir ist es hier auch zu heiß.

Sie schlenderten Richtung Park, flanierten auf schattigen Wegen, wortlos, ihr Blick galt den Bäumen – manche uralt, älter als sie – und den Tieren. Sie belauschten das Leben. Amselgesang, Klopfen eines Spechtes, Insektenschwirren, Grillenkonzert.

Wie sie denn als Mutter gewesen sei, die Marie, fragte Friedrich nach einer Weile.

Streng, sagte Arnold, weißt du, wie meine Schwester Helene und ich sie nannten? Fräulein Vögtli. Alles reglementiert … Die Mutter habe sich um jede Einzelheit persönlich gekümmert. Sogar seinen Schulweg habe sie abgeschritten, um auf die Minute genau zu wissen, wie viel Zeit dafür einzuplanen sei.

Friedrich schüttelte es unwillkürlich, da sei er schon ganz anders aufgewachsen. Mit vier Jahren verlor ich meinen Vater – er war Pfarrer wie Maries Vater –, kurz darauf meine Schwestern. Scharlach. Die Familie hat mir gefehlt, vielleicht habe ich mich darum so früh an Marie gebunden, aber meine Situation bot auch Vorteile, ich konnte mich während des Studiums freier bewegen als die meisten meiner Kommilitonen, gelangte in Kontakt mit russischen Studenten, die vor dem Zarenregime nach Zürich geflohen waren, kam durch sie mit sozialistischem Gedankengut in

Berührung. An der Hochschule dominierte ein liberales Klima, sogar Frauen wurde die Pforte zur Universität geöffnet, Nadeschda war die erste von ihnen, die hier einen vollwertigen Abschluss in Medizin gemacht hat. Das sprach sich in ganz Europa herum, vor allem in Russland, wo Frauen bestenfalls als Hospitantinnen zugelassen waren, bald gab es in Zürich einen großen Kreis von russischen Studenten und Studentinnen. Ja, und da habe ich mich in Nadeschda verliebt. Du hättest sie erleben sollen, schön, scharfsinnig, selbstbewusst, dabei war sie Tochter eines ehemaligen Leibeigenen, eines wohlhabenden allerdings, er hatte seinen Töchtern die besten Schulen ermöglicht. Nadeschda imponierte mir ungeheuer. So sehr, dass ich die Verlobung mit Marie gelöst habe, lösen musste. Ich hätte Marie nie so lieben können, wie ich Nadeschda liebte, wäre ihrer Liebe zu mir nicht gerecht geworden. Als einer Art Schwester bin ich Marie jedoch stets verbunden geblieben.

Das wird sie kaum getröstet haben. Zum Glück ist sie eine aktive und energische Persönlichkeit. Der Entschluss, Medizin zu studieren, war die bestmögliche Reaktion auf ihren Schmerz. Ihr Vater hat sie unterstützt, moralisch wie auch finanziell, das war alles andere als selbstverständlich. Von ihrer Vorbildung her war sie nicht so gut gerüstet wie deine Nadeschda, aber sie hat sich auf eigene Faust alles Nötige beigebracht. Im Studium schloss sie sich mit einer Studentin aus Boston zusammen, die nach Zürich gekommen war, weil auch Boston den Frauen das Studium verwehrte, ihren Namen habe ich vergessen, aber die hat ihr in den naturwissenschaftlichen Fächern geholfen, während Mutter ihr Deutsch beibrachte. So hat sie es geschafft, und zwar mit Bravour, hat sich von nichts abschrecken lassen. Bei der Praxisbewilligung gab es erneut Schwierigkeiten, Großvater musste sich enorm ins Zeug legen für sie.

Marie hat einen weiten Weg zurückgelegt, ich habe selbst erlebt, wie gut ihr Ruf als Gynäkologin war, als ich nach Zürich zurückkehrte.

Wann war das eigentlich?

Die Rückkehr erfolgte nicht freiwillig. Man hat mich entlassen – aus politischen Gründen. Mein soziales Engagement war dem autoritären Zarenregime suspekt. Von der Entlassung erfuhr ich am Thunersee, als ich in der Schweiz mit Frau und Kindern in den Ferien weilte, ein Schock! Das war 1896.

Da war ich schon vierzehn Jahre alt, meine Schwester zehn. Eine strenge Zeit für meine Eltern. Vater engagiert als Professor an der ETH, Mutter viel gefragte Ärztin mit eigener Praxis, beschäftigt mit Plänen für den Aufbau einer Frauenklinik. Hausfrau, Mutter von zwei Kindern und einer Pflegetochter. Nichts entging ihr, sie war tatsächlich der Vogt bei uns zu Hause.

Ob sie denn keine Hilfe gehabt hätten im Haus?

Doch, natürlich, aber die Haushalthilfen seien nicht immer so tüchtig gewesen. Von der ersten, der Henriette, habe Marie geschwärmt, die habe sie noch von Friedrichs Mutter geerbt. Ob er Henriette gekannt habe?

Friedrich schüttelte den Kopf. In der Zeit war ich wohl schon in Sankt Petersburg mit Nadeschda.

Maries immenses Tagespensum habe sich nur durch strikte Planung bewältigen lassen, am Vormittag Hausbesuche, Korrespondenz – viele Patienten aus dem Ausland hätten schriftlich um Rat gefragt –, am Nachmittag Behandlung der Patientinnen in der Praxis. Nein, männliche Patienten habe sie nicht behandelt, das Risiko für Verleumdungen wäre ihr zu hoch gewesen. Sie habe wohlweislich peinlichst auf ihren Ruf geachtet. Einer Kollegin, die das Medizinstudium unmittelbar nach Marie abgeschlossen habe, sei es schlimm ergangen. Rufmord. Untersuchungshaft. Warum? Weil sie mit den konservativen Kreisen, die das Sagen hatten, nicht so geschickt taktiert habe wie Marie und weil sie mit einer Frau zusammengelebt habe. Vermutlich sei das sogar der Hauptgrund … Eine auffallende Schönheit, die Caroline, er habe später einmal eine Fotografie von ihr als junger Frau gesehen. Die Presse habe sich auf ihren Fall gestürzt, ihre Zukunft ruiniert … Das Schicksal Caroline Farners hat Marie als Schreckvision ein Leben lang vor Augen gehabt, als Warnsignal. Geschickt sind sie vorgegangen, sie und ihre Kolleginnen Anna Heer und Ida Schneider. Beim Projekt der Frauenklinik, einer Klinik von Frauen für Frauen, holten sie sich männliche Verbündete ins Boot, Stadtrat Grob, Freund und Förderer Anna Heers, leitete die Baukommission, in der auch mein Vater und der Vater Idas saßen, beide Hochschulprofessoren, und außerdem der Kantonsbaumeister und ein wohlhabender Kaufmann. Nur so wurde das Projekt zu Realität: eine Frauenklinik mit angeschlossener Pflegerinnenschule.

Die beiden Männer schwiegen, jeder in seine Gedanken versunken. Sie näherten sich einer Bank, setzten sich in den Schatten einer Linde.

Friedrich schnupperte, wies auf die blühende Linde. Wie süß sie riecht … Die ist spät dran mit dem Blühen, ob es sich um eine Krimlinde handelt?

Er sei zwar Naturforscher, aber mit Krimlinden kenne er sich nicht aus.

Friedrich schaute in die Linde, seufzte unwillkürlich.

Was denn aus der Suslowa geworden sei, erkundigte sich Arnold, ob sie in Russland geblieben sei.

Friedrich nickte. Beruflich sei es ihnen in Sankt Petersburg gut gegangen, Nadeschda habe als Gynäkologin praktiziert, er als Augenarzt. Nach einer Weiterbildung habe er als Hygienespezialist durch Publikationen einige Beachtung gefunden. Aber in der Beziehung mit Nadeschda … sehr schnell sehr schwierig … Nach zehn quälenden Jahren hätten sie sich getrennt. Sie habe einen anderen kennengelernt, einen Histologen.

Schön, scharfsinnig, selbstbewusst, aber offenbar auch unstet, sagte Arnold, er hatte sich die Bemerkung nicht verkneifen können.

Wir hatten zu unterschiedliche Bedürfnisse, mich drängte es, das Familienleben zu verwirklichen, das mir als Kind gefehlt. Aber beide Suslowa Schwestern waren ruhelos, auch Apollinaria – wir nannten sie Polina –, die ewige Geliebte Dostojewskijs …

Nun, Dostojewskij war für eine fortschrittlich denkende Frau auch nicht unbedingt die beste Wahl, oder täusche ich mich?

Ja, das fand Polina auch, sie war übrigens selbst Schriftstellerin, sie sagte es ihm ganz direkt, als er ihr nach dem Tod seiner ersten Ehefrau einen Heiratsantrag machte, und sie war nicht die Einzige, die so reagierte. Obwohl sie schon länger seine Geliebte war, schon zu Lebzeiten seiner Frau, war sie nicht einmal die Erste, die er anfragte. Im Jahr nach dem Tod seiner Ehefrau verliebte er sich in rascher Folge in mehrere junge Frauen, sehr junge Frauen, denen er jeweils sofort einen Antrag machte, sogar der Freundin seiner Nichte, bei deren Familie er den Sommer verbrachte. Alle jungen Damen wiesen den Antrag umgehend ab. Eine von ihnen, Anna Wassiljewna Korwin-Krukowskaja …

Der Name komme ihm bekannt vor, meinte Arnold.

Wahrscheinlich kenne er Annas jüngere Schwester, Sophie, weltweit erste Mathematikprofessorin.

Richtig, die Mathematikerin, von der habe man sich erzählt, sie sei nur deshalb mit Kowalewski eine Ehe eingegangen, um auf diesem Weg für ihr Mathematikstudium ins Ausland reisen zu können.

Eine alleinstehende Frau habe damals in Russland keinen Reisepass erhalten, und da der Vater gegen ihre Pläne war … Es sei aber Anna gewesen, in der Dostojewskij eine verwandte Seele gefunden zu haben glaubte. Anna war nicht nur Literatin, sondern vor allem auch Nihilistin und Revolutionärin, eine moderne Frau, schwarze Kleider, Haare zurückgebürstet, Vorkämpferin für Frauenrechte, was Dostojewskij gar nicht entsprach. Anna sagte ihm denn auch unverblümt, er brauche eine Frau, die ganz und gar nur für ihn da sei, die darin aufgehe, sich um ihn zu kümmern, und die hat er dann in der zwanzigjährigen Snitkina auch gefunden. Er hatte sie kurz vor Abgabetermin seines Romans, von dem er noch kaum eine Zeile geschrieben hatte, als Stenografin eingestellt. Mit ihrer Hilfe brachte er ihn im Wettlauf gegen die Zeit am letzten Tag vor Ablauf der Frist zu Ende – ich glaube, es war *der Spieler* –, bei nicht Einhalten des Vertrags hätte er als Entschädigung dem Verleger die Rechte über sämtliche Werke der kommenden Jahre abtreten müssen. Der Verleger war am Tag des Abgabetermins auf Reisen, wohl mit Absicht. Auf Betreiben der praktisch veranlagten Snitkina übergaben sie das fertige Manuskript einem Notar, der das Datum der Übergabe amtlich beglaubigte. Eine dramatische Geschichte, die für einmal zu Gunsten Dostojewskijs ausging, wenige Monate danach heirateten die beiden. Die Snitkina stellte sich ganz auf den von ihr bewunderten Schriftsteller ein, brachte ihn nach langem Leiden und viel Beharrlichkeit von der Spielsucht ab, kümmerte sich um ihn in all seinen Belangen, vor allem auch den finanziellen. Nein, das wäre mit Sicherheit nichts gewesen für eine Suslowa.

Beide lachten.

Ich habe, sagte Arnold, meine Eltern nicht nur bewundert für ihre beruflichen Leistungen, sondern auch für den Mut so zu leben, wie sie es getan haben, allen gesellschaftlichen Widerständen zum Trotz. Eine Ehe auf gleichberechtigter Basis. Aber etwas habe ich nicht verstehen können, verstehe es bis jetzt nicht. Meine Mutter hat mir in ihren späteren Jahren in einem Brief geschrieben, wenn sie noch einmal von Anfang an beginnen könnte, würde sie nicht mehr Medizin studieren.

Friedrich richtete sich auf: Sondern?

Vielleicht als gründlich geschulte Krankenschwester in der Pflege tätig sein, so wie Helene, mehr Zeit zu Hause verbringen, den Ehemann in seiner Karriere unterstützen, der Entwicklung der Kinder folgen … Damals habe sie keine Wahl gehabt, den Triumph hätten sie den Konservativen nicht gönnen wollen, sie hätten kämpfen müssen um das Recht auf Bildung, aber heute stehe den Frauen der Weg an die Hochschule offen, heute hätte sie die Wahl einen leichteren Weg zu wählen.

Die typische Laufbahn einer Frau? So sicher wäre ich mir da nicht, sagte Friedrich.

Vielleicht schrieb sie das aus einem schlechten Gewissen uns Kindern gegenüber, wer weiß. Oder meinem Vater gegenüber, der hatte einmal gesagt, er würde sich wünschen ein paar Tage krank zu sein, damit sie ihn dann pflegen und er sie sehen und um sich haben könnte. Aber das war natürlich keine ernsthafte Klage.

Als sie den Entschluss zum Medizinstudium fasste, war es ja unmittelbar nach unserer Trennung. Vielleicht hat sie sich da ein Leben mit Ehemann und Familie nicht mehr vorstellen können. Das Medizinstudium wäre dann eine Alternative gewesen, eine sinnvolle Perspektive für eine alleinstehende Frau.

Arnold schüttelte den Kopf. Warum? Die Suslowa war doch auch Ärztin, als ihr geheiratet habt.

Wir hatten aber keine Kinder.

Ja, Mutter hatte es streng, arbeitete oft noch in der Nacht, litt mitunter an Migräne, wenn sie zu wenig geschlafen hatte. All die Notfälle … Aber wenn ich mir vorstelle, sie wäre immerfort zu Hause gewesen, so glaube ich nicht, dass das gut herausgekommen wäre, ich jedenfalls hätte mir das nicht gewünscht. Die permanente Kontrolle, unerträglich, das Vögtli wäre zum Vogt geworden. Und ob sie sich dabei glücklich gefühlt hätte? Ich bezweifle es. Das Engagement meiner Eltern für die Rechte der Frau, insbesondere das Stimmrecht, der gemeinsame Kampf gegen das Elend in der armen Bevölkerung, gegen den weitverbreiteten Alkoholismus, der Einsatz für einen konfessionsunabhängigen Friedhof, dieses Krematorium hier … Ich habe trotz Meinungsverschiedenheiten meinen Eltern stets Hochachtung entgegengebracht, ihr berufliches und soziales Engagement waren für mich wegweisend, immerhin bin ich wie Vater Geologe geworden, habe mich dann allerdings in der ganzen Welt herumgetrieben, mich weit entfernt von meiner Familie, doch noch immer bin ich voll Dankbarkeit und Bewunderung für meine Eltern, gerade weil sie so gelebt haben, wie sie gelebt haben.

Eine Weile herrschte Schweigen.

Ob es ihn auf seinen zahlreichen Reisen auch nach Russland verschlagen habe, wollte Friedrich dann wissen.

Er sei so ziemlich überall gewesen, auf Expeditionen, Kongressen, Reisen. In Moskau seien sie 1937 auf dem Höhepunkt der Stalinschen Säuberungswellen in geradezu grotesker Weise im Luxus ertränkt worden, vor dem Teller eines jeden fünf Weingläser und fünf Flaschen Wein, zusätzlich Champagner und Branntwein, Berge von Kaviar … absurd.

Moskau, seufzte Friedrich. Ihm sei in Moskau ein Lehrstuhl geboten worden, danach habe man ihm für seine Verdienste auf dem Gebiet der Hygiene sogar ein eigenes Institut zugestanden. Dies alles nach der Trennung von Nadeschda …

Die beiden erhoben sich und machten sich auf den Rückweg Richtung Krematorium.

Er habe doch von Kindern gesprochen, nahm Arnold das Gespräch wieder auf, wollte wissen, ob sie auch hier in Zürich seien.

Mit Sophie kam endlich das ersehnte Familienleben – welch unermesslich Glück. Sophie Hasse sei er in Russland begegnet, habe sie aber schon aus dem russischen studentischen Kreis in Zürich gekannt. Auch eine Ärztin, wie könnte es anders sein, und Psychoanalytikerin. Nach der Geburt Fjodors, des ältesten Sohnes, habe er sich von Nadeschda offiziell scheiden lassen und ein Jahr später hätten er und Sophie geheiratet. Die Söhne hielten sich anderswo auf, Fjodor, Philosoph und Experimentalpsychologe, bekannt unter seinem deutschen Namen Theodor Paul Erismann, habe an der Universität Innsbruck gelehrt, Sergej sich als Bau- und Maschineningenieur bewährt. Tochter Wera, die Jüngste, weile als Einzige bei ihnen, eine Psychiaterin wie ihre Mutter, aber auch Malerin, vorwiegend Landschaften und Blumen.

Ob denn Sophie sich ganz der Familie gewidmet oder ob sie sich auch weiterhin beruflich engagiert habe, wollte Arnold wissen.

Sie hätten sich nach ihrer Rückkehr aus Moskau beide stark engagiert. Sophie als Psychiaterin bei Eugen Bleuler im Burghölzli, als Sitzungsmitglied der von Bleuler und Jung gegründeten Gesellschaft für Freudsche Forschungen. An den ersten internationalen Kongressen der psychoanalytischen

Bewegung habe sie teilgenommen. Nein, Sophie war stets eine aktiv engagierte Frau, was ich geschätzt habe. Schließlich war auch ich mit meiner politischen Karriere voll und ganz beschäftigt, arbeitete vierzehn Jahre lang für die Sozialdemokratische Partei im Stadtrat. Im Gesundheitswesen waren meine Fachkenntnisse als Hygienespezialist hoch willkommen, es gab viel zu tun, Kehrichtverbrennungsanstalt, Schlachthaus, die neue Desinfektionsanstalt, Badeanstalten, Vorarbeiten zum Bau des Stadtspitals. Und außerdem entwickelte sich unser Privathaus zur Anlaufstelle für russische Studenten und Exilanten, auch bei uns gab es keinen Müßiggang.

Und die Suslowa?

Nadeschda ... Sie sei in Russland geblieben, mit ihrem Histologen nach Nischni Nowgorod gezogen, auch diese Heirat unglücklich. Im Norden habe sie es nicht lange ausgehalten. Die beiden hätten sich auf der Krim angesiedelt, in einer Kleinstadt am Schwarzen Meer. Dort habe sie die arme Bevölkerung medizinisch behandelt, ohne etwas dafür zu verlangen, eine kostenlose Dorfschule gegründet, ein Gymnasium und ein Krankenhaus. Außerdem habe sie philosophische Bücher geschrieben. Nadeschda, so begabt, so engagiert, so unglücklich ... Sie sei in einem Dorf auf der Krim begraben, zwischen Zypressen und Weingärten, ihre Schwester, im gleichen Jahr verstorben, ebenfalls auf der Krim, aber an der westlichen Küste, bei Sewastopol, wo sie gelebt habe.

Zum Glück sind die beiden Schwestern nicht hier, sagte Arnold, sie würden bestimmt noch auf dem Friedhof Unfrieden stiften.

Sein Blick sei nicht objektiv, meinte Friedrich, er würde noch immer mit den Augen seiner Mutter sehen. Beide Schwestern seien großartige Frauen, echte Pionierinnen.

Auch Polina habe ein gutes Herz, habe sie doch Dostojewskij mit seinen Spielschulden aus der Patsche geholfen, selbst nachdem sie seinen Antrag abgelehnt. Auch sie habe später dann geheiratet, einen sechzehn Jahre jüngeren Mann, eine unglückliche Liebesbeziehung, natürlich. Aus Bitterkeit habe sie ihm die Scheidung verweigert und er ihr im Gegenzug seine Erlaubnis für einen Reisepass. Dennoch, er würde beide Schwestern gerne noch einmal sehen, sich mit ihnen unterhalten, während sie durch Zypressenalleen wandelten. Warum auch nicht. Marie und er seien sich doch auch verbunden geblieben, trotz all des Schmerzes.

7 Ananas

Diesmal ist es Ilana, die den Teller mit den Früchten von sich schiebt. Lorin hatte sich in der Küche ans Werk gemacht, während sie mit Lesen beschäftigt war, das Obst in kleine Würfel geschnitten, es zusammen mit den Beeren zu einem Gemälde angeordnet, das einer eingehenden Beachtung würdig gewesen wäre.

Der schimmernde Seidenglanz der Ananas fehlt. Stattdessen bieten sich Grün in Grün gestreifte Stachelbeeren als Blickfang an. Die Nachbarschaft zwischen dem kühngestreiften Grün und dem dunklen Violett der Pflaume gelungen, schade, dass Ilana keine Augen dafür hat.

Ihre Augen fliegen über die Zeilen des Textes, den er ihr zu lesen gegeben, zwölf Seiten, frisch ausgedruckt. Seine Augen verweilen auf der fruchtigen Farbpalette. Ob er die leuchtendroten Johannisbeeren nicht besser neben dem Orange der Aprikose platziert hätte? Nein, das wäre schade. Neben dem energischkühnen Grün der Stachelbeeren bilden sie einen interessanten Kontrast mit ihrem konsequenten Rot.

Endlich lässt sie das Papierbündel sinken, wartet eine Weile zu, sucht nach Worten.

Als wir vor einigen Tagen gemeinsam auf dem Friedhof waren, haben wir doch die Gedenktafel der Familie Heim besucht, sie sogar fotografiert, um alle Namen festzuhalten. Auch das Krematorium haben wir uns angesehen, diesen merkwürdigen Tempel, die Inschrift über dem Portal. Sie zückt ihr Smartphone, sucht das entsprechende Bild, liest vor: *Flamme löse das Vergängliche auf, befreit ist das Unsterbliche.*

Lorin nickt, lässt sie sprechen.

Du hast dich ganz normal verhalten, mit mir gesprochen, als ob nichts Besonderes wäre. Dann haben wir einen Rundgang über die Wiesen gemacht, durch den Park, haben uns an den vielen Wildpflanzen erfreut, der Vielfalt der Bäume, sogar einen Fuchsbau entdeckt. Nichts Unnatürliches war zu beobachten, nichts Außergewöhnliches zu hören. Wir haben den Hörspaziergang abgeschritten, uns entsprechend den Hinweisen umgesehen …

Lorin nickt erneut.

Willst du mir nun mit diesen Seiten zu verstehen geben, dass du, ganz unbemerkt von mir, diesem ausführlichen Gespräch zwischen Friedrich Erismann und Arnold Heim, dem Sohn Marie Heim-Vögtlins, beigewohnt hast? Und das sagst du mir erst jetzt?

Lorin schüttelt den Kopf. Nein, so sei das nicht gewesen, er habe, als er mit ihr dort war, tatsächlich nichts Auffälliges erlebt.

Dann warst du also in der Zwischenzeit ein zweites Mal dort, ohne mich, hast dann dieses Gespräch erlebt?

Lorin schüttelt erneut den Kopf. Nein, so sei das nicht gewesen.

Wie sie denn diesen Text verstehen solle, fragt Ilana, zunehmend erregt. Weißt du, ich mache mir Sorgen, habe mich gefragt, ob es nicht gut wäre, den Neurologen beizuziehen, vielleicht hätte der eine Erklärung.

Es gibt eine ganz einfache Erklärung, sagt Lorin, nimmt die Blätter an sich, schüttelt sie ordentlich zu einem Bündel auf, zumindest für diesen Fall. Auf dem Friedhof habe er, im Unterschied zum ersten Besuch nach dem Zahnarzttermin, gar nichts Außergewöhnliches erlebt. Er habe versucht, sich auf die Atmosphäre des Friedhofs einzulassen, an die Verstorbenen zu denken, an ihre Lebensgeschichten, habe alles daran gesetzt, sich vom Hörspaziergang in diese andere

Welt transportieren zu lassen, aber nichts sei geschehen. Gar nichts.

Ilana nickt, wartet.

Eigentlich sei aber doch etwas geschehen, das habe er erst im Nachhinein festgestellt, einige Tage nach dem unergiebigen Besuch im Sihlfeld. Die Beschäftigung mit dem Friedhof, seinen ständigen Bewohnern, den Familien Heim und Erismann habe ihn angeregt, ja verfolgt, so sehr, dass er diese Seiten habe schreiben müssen.

Ilana schaut ihn ungläubig an, beginnt dann zu lachen, verschluckt sich, hustet, lacht.

Fantasie? Fantasie mittels Stoff aus Recherchen. Ein neues Romanprojekt. Fies! Sie wedelt mit dem Papierbündel. Er habe sie nach Strich und Faden reingelegt, solle nun ja nicht behaupten, das sei ohne Absicht geschehen.

Und? Wie sie es finde?

Den Text?

Nein, das Farbgemälde, sie habe es noch keines Blickes gewürdigt.

Das neue Grün, das längsgestreifte, gefalle ihr ausnehmend gut, die Gegenüberstellung von Stachel- und Johannisbeere glücklich gewählt, der Austausch interessant …

Welcher Austausch?

Der zwischen dem roten Friedrich und dem stacheligen Arnold. Die jeweilige Sicht der beiden Männer auf Marie.

So stachelig habe er den Sohn doch gar nicht charakterisiert.

Ilana nimmt eine Stachelbeere vom Teller, rollt sie zwischen Daumen und Zeigefinger, bevor sie sie in den Mund steckt. Im frühen Reifestadium, wenn sie noch grün und knackig, schmeckten sie frisch-säuerlich, so habe Arnold geschmeckt, als er über den Schmerz seiner Mutter gesprochen habe, auch beim Thema Suslowa. Im späteren Reifestadium, wenn sie eine weißlichbleiche Farbe angenommen, sei die Stachelbeere weicher, ihr Aroma süßer.

Lorin fährt sich unwillkürlich durch die grau melierten Haare. Was ihr denn besser schmecke?

Jeder Zustand habe seinen Reiz, grün seien sie alle nicht mehr. Weder er noch sie. Friedrich Erismann und Arnold Heim schon gar nicht. Die Stachelbeere stamme übrigens auch botanisch aus der gleichen Familie wie die Johannisbeere, ob er das gewusst habe.

Wie man eigentlich den Verwandtschaftsgrad zwischen den beiden nenne?

Arnold sei für Friedrich ein Neffe zweiten Grades, denn Friedrich und Marie seien Cousin und Cousine. Bei der Familie der Stachelbeergewächse könne sie es ihm leider nicht genauer sagen.

Lorin blickt auf die Beeren in seinem Teller, lacht. Etwas stachelig sei er vielleicht doch gewesen, der Arnold. Zwar habe er Geologie studiert wie der Vater, sei als Privatdozent an beiden Hochschulen tätig gewesen. Der Vater hoffte, Sohn Arnold würde an der ETH seine Nachfolge antreten, doch Arnold entzog sich, stattdessen nahm er eine Professur an der Sun-Yat-sen Universität in Kanton an.

Eine herbe Enttäuschung.

Ein gewaltiger Stachel. Mit diesem Schritt weigerte sich der Sohn nicht nur, in die Fußstapfen des Vaters zu treten, er verzichtete damit auch auf eine eigentliche akademische Laufbahn, was der Vater nur schwer verschmerzte. Doch Arnold machte auf seinem eigenen Weg mit geologischen Untersuchungen von sich reden, er wurde berühmt für bahnbrechende Erkenntnisse in der Petrogeologie, suchte in Java und Sumatra nach Öl, nahm an Expeditionen teil, Grönland, Himalaya, reiste als Erdöl-Experte, aber auch als selbstständiger Forscher in der ganzen Welt herum – China,

Zentral- und Südamerika, Afrika, Iran, Arabien, kein Kontinent, den er nicht bereist hätte. Seine Reisebücher sind gespickt mit Kritik am Prozess der Kolonialisierung, insbesondere das Vorgehen der Missionare stellte er an den Pranger, er entwickelte sich zu einem Pionier der Entkolonialisierung wie auch des Naturschutzes, passend zum Grün der Stachelbeere.

Der habe seine Zeit nicht vertrödelt, ganz nach Vorbild seiner Mutter Marie, ob er denn auch ein Privatleben gehabt habe?

Zweimal verheiratet, ob glücklich oder nicht, entziehe sich seiner Kenntnis. Jedenfalls gebe es zwei Söhne aus erster Ehe, auch Enkel.

Und Helene? Von ihr ist auffällig wenig die Rede.

Ja, über sie ist kaum geschrieben worden. Sängerin habe sie werden wollen, doch so fortschrittlich ihre Eltern, das hätten sie ihr denn doch nicht ermöglichen wollen. Kein Musikgehör für den sehnlichsten Wunsch ihrer Tochter. Krankenschwester sei sie dann halt geworden, auf Rat der Mutter, habe zu Hause gelebt, später die an Tuberkulose erkrankte Mutter gepflegt bis zu deren Tod. Trost habe sie im Glauben gefunden, ja, sie sei auch gerne in die Kirche gegangen, habe sich dort geborgen gefühlt, schon in jungen Jahren, sie sei eben viel allein gewesen, die Eltern stets beschäftigt mit wichtigen Aufgaben und den älteren Bruder Arnold habe es schon früh in die Ferne gezogen. Nein, den Wunsch des Vaters, an der Hochschule dessen Professur zu übernehmen, habe der Bruder rundweg abgeschlagen. Ein kluger Schritt. Es wäre nicht gut herausgekommen, Arnold wäre erstickt. Der Vater habe diesen Entscheid nicht verstehen können, habe es ihm übel genommen. Ein großer Kummer, aber nichts im Vergleich zum Kummer beim Tod seiner geliebten Marie.

Sag mal, du sprichst geradezu, als hättest du Helene gestern im Café getroffen, bist du schon wieder am Dichten, am Skizzieren des nächsten Kapitels?

Lorin zuckt mit den Schultern, ein vages Lächeln erscheint, schon möglich, sagt er, wer weiß …

Ob sie sich Sorgen machen müsse?

Um ihn nicht, denn sie sei ja da. Aber um Albert. Ein furchtbarer Schlag für ihn, Marie zu verlieren. Sie waren doch über vierzig Jahre lang ein eingeschworenes Team, hatten Schicksalsschläge gemeinsam ertragen, den Tod des dritten Kindes kurz nach Geburt, die finanziellen Bürden – Albert hatte beim Tod seines Vaters dessen Schulden übernommen –, ein Glück, dass Marie ein Leben lang arbeitete. Mir graut, wenn ich mir vorstelle, wie vernichtend der Tod Maries für ihn gewesen sein muss.

Manchmal sterben Zurückbleibende ziemlich rasch nach dem Tod des Lebensgefährten, als fehlte ihnen der Glanz der Lebensfreude, die mit dem Tod des Geliebten dahin ist.

Er hat sie um mehr als zwanzig Jahre überlebt. Zwanzig Jahre! War etwas jünger als sie, aber dennoch … Helene hat sich um ihn gekümmert, damals wohnten sie ganzjährig in dem Chalet am Zürichberg, dem *Hüsli*, das Albert noch vor Geburt der Kinder zusammen mit einem Bauarbeiter mit eigenen Händen gezimmert hatte. Das Hüsli war zunächst nur ein Sommerhaus – ohne Heizung, ohne Elektrizität, ohne fließendes Wasser. Die Kinder sollten gesund aufwachsen und im Garten arbeiten. Da hausten sie dann, Albert, Marie, Arnold, Helene, das Pflegekind Hanneli, der Hund, der Kolkrabe und andere gesund gepflegte Tiere. Sogar eine Leuli habe einmal für eine gewisse Zeit zur Familie gehört. Ein Pferd und eine Kuh hätten jedes Jahr im März den nötigen Hausrat den Berg hinauf und im September wieder herunter gezogen.

Gesundheitsbewusst!

Und wie. Sogar die Rebstöcke habe Albert entfernen lassen, da ja beide in der Antialkoholbewegung engagiert waren.

Nichts für uns.

Nun, damals war der Alkoholismus tatsächlich ein Elend, eine Seuche vor allem in der armen Bevölkerung.

Man könne nur hoffen, dass das Haus später aufgerüstet worden sei.

Bestimmt, ohne Heizung wäre es nicht bewohnbar gewesen im Winter. Und inzwischen hatte sich die Gegend dort zum begehrten Wohngebiet entwickelt.

Und Helene? Wir sprechen schon wieder von ihren berühmten Eltern.

Helene wohnte mit dem Vater im Hüsli, kümmerte sich um ihn und pflegte, als er krank wurde, auch ihn bis zum Tod.

Danach?

Blieb sie im Hüsli. Allerdings habe sie dann dort mit einer Freundin gelebt, der Annemarie, auch eine Pflegerin. Genaueres sei nicht zu erfahren. Zur Entlastung der Frauen ihrer Neffen, der beiden Söhne Arnolds, hätten sich die beiden Fräulein jeweils um die neugeborenen Kinder gekümmert. Sobald die Kleinen abgestillt gewesen seien, hätten sie sie für einige Zeit zu sich genommen, damit die junge Mutter sich erholen konnte.

Ein Frauenschicksal, weit entfernt von Maries Pionierwegen. Ob man sich Helene als glückliche Frau vorstellen sollte?

Sängerin wäre sie gerne geworden.

Was weiß man, wie ihr Leben verlaufen wäre, hätte sie Sängerin werden können, wie es ihrer Leidenschaft entsprach.

Sie ist alt geworden, über neunzig. Als sie starb, hatte soeben unser gemeinsames Leben begonnen.

Lange her.

Gestern.

8 Noch heute

Ilana hatte er beruhigt, sie freute sich, dass er wieder schrieb. Ihre Sorge gewichen, gelöst, ja heiter hatte sie ihn angesehen, als das Geheimnis um den Ursprung seines Textes gelüftet war. Kein Erlebnisbericht. Kein Borlotti Phänomen. Schreibversuch für ein mögliches neues Projekt. Am Schreibtisch entstanden, der gewohnte Prozess, Kombination von Recherche und Fiktion, nichts Beunruhigendes.

Nichts Beunruhigendes, er hatte tatsächlich mit Absicht einen Versuch gewagt, den ersten nach längerer Schreibpause. Doch da war keine klare Erinnerung an den Prozess der Entstehung. Schreibtisch, Notebook, Drucker, die fertigen Seiten … aber dazwischen?

Nichts Beunruhigendes.

Imagination. Er versucht, sich das Gesicht von Friedrich Erismann vor Augen zu führen, seine Gestalt, den Gang, den Klang seiner Stimme. Das Bild des Gesichtes blitzt auf, verschwimmt aber schon vor dem nächsten Wimpernschlag, um sich in einem vagen Eindruck zu verlieren. Für den Klang der Stimme gelingt nicht einmal das, nicht die geringste Erinnerungsspur, sofort übernehmen Worte die Herrschaft, stimmlos, abstrakt. Das verschwommene Bild von Arnold Heim noch flüchtiger, körperlos.

Das Internet. Ausgangspunkt der Bilder. Quelle. Es dürfte nicht schwierig sein, die inneren Bilder auf den banalen Ursprung zurückzuführen, sie in ihrem hartnäckig behaupteten Eigenleben der Lüge zu überführen, sie ein für allemal in ihre Basis zu verbannen. Auch gegen hartnäckigen Widerstand. Zurück zur Datenbank. Sitzen bleiben auf der Bank. Ein Blick ins Internet würde Klarheit schaffen, die Quelle den Lauf preisgeben, den die Bilder vom Ursprung bis zur Mündung ins Meer der Erinnerungen genommen haben, dem Flussbett der Recherche folgend.

Nichts Beunruhigendes.

Er ruft die entsprechenden Artikel auf, einen nach dem anderen, betrachtet die Fotos, erst Arnold, dann Friedrich, empfindet sie als fremd, das sind die Falschen, ein anderer Friedrich Erismann, ein anderer Arnold Heim. Würde seine Marie diesen Arnold als ihren Sohn akzeptieren? Er nicht. Verärgert schließt er sein Notebook.

Nichts Beunruhigendes? Er starrt vor sich hin.

Helene. Ewige Tochter, Pflegerin ihrer Eltern, alterslos. Dunkle Haare, glatt, gescheitelt, nach hinten gesteckt. Sanfter, argloser Blick, in die Ferne gerichtet, eine Spur verträumt. Durchaus schöne Züge, aber unauffällig, unscheinbar ihre ganze Erscheinung, sicher auch bedingt durch die Wolljacke, die sie trägt, die Knöpfe …

Gleichwohl könnte man sie sich als Sängerin vorstellen. Lieder von Brahms, Grieg, Richard Strauss. Oder Opernsängerin?

Er hebt den Kopf. Helene steht in der Tür, zurechtgemacht für einen Auftritt, schmales hochgeschlossenes Kleid, schwarz, Gliederkette bis zum Nabel, dezent geschminkt. Nimmt den Hut ab, elegant. Statt streng symmetrisch trägt sie nun die Haare seitlich gescheitelt, kürzer, leicht gewellt, so wie Helene Berg sie trägt, auch sie Sängerin. Vielleicht kennen sich Helene Heim und Helene Berg. Wien, Stadt der Musik. Die beiden sind sozusagen gleich alt. Geheimnisumwittert Helene Berg, Helene Karoline Nahowski ihr Geburtsname, eine natürliche Tochter des Kaisers, munkelt man, Franz Josef I. ihr Vater. Stillschweigen der Mutter Anna Nahowski gegen eine hohe Abfindung.

Illustre Kreise. Musiker, Schriftsteller, Maler. Ein Leben im Lichtschein.

Sängerin habe sie werden wollen.

Ob es an Helenes Seite einen Mann gebe, einen Komponisten, Musiker?

Spott auf ihrem Gesicht, skeptisches Lächeln, blitzende Augen. Einen Mann? Helene Berg trete seit ihrer Heirat mit Albin Berg nicht mehr öffentlich auf, obwohl er ihre Stimme bewundert, sie zum Singen ermutigt habe. Nur in privaten Kreisen singe sie noch, vorwiegend Lieder von Richard Strauss. Mit Alma Mahler-Werfel, der Witwe Gustav Mahlers, seien die Bergs eng befreundet.

Wenn Helene Heim in Wien weilt, denkt Lorin, wird sie auch Alma begegnet sein, der gefährlichen Gottesanbeterin, Genie-Melkerin, trägt vielleicht mitunter die Haare etwas verwegener, so wie Alma, die femme fatale, ein keckes Haarbüschel auf der Stirn, Haare locker nach hinten geschlungen, Hut mit ausladender Krempe, Blicke, die sich ihrer Wirkung bewusst …

Aber auch Alma habe ihre musikalischen Ambitionen aufgegeben, auf Verlangen ihres Geniegatten aufgehört zu komponieren; ein paar wenige Lieder nur, im Geheimen erzeugt, außerehelich, im Verborgenen am Leben erhalten, als ob sie sich ihrer schämen müsste. Für die Musik würde sie jeden Mann aufgeben, habe sie in ihr Tagebuch geschrieben, durch ihre Taten sich aber selber Lügen gestraft. Wenn sogar ein Raubtier wie Alma ihre Leidenschaft für die Musik dem Mann opfere, wäre es dann nicht generöser, Helene Heim ein Leben ohne einen solchen Mann zu wünschen. Die Laufbahn einer Sängerin hätten ihr schon die Eltern ausgeredet, ja nur schon die Ausbildung dafür. Mit den Eltern brechen wegen der Musik, um sich und die Musik dann auf dem Altar der Ehe einem Mann zu opfern?

Die Mutter Marie aber habe, wie die Suslowa, ihre medizinische Laufbahn nicht geopfert, ja sogar bahnbrechend gewirkt für Generationen von Frauen nach ihr.

Für fremde Töchter vielleicht. Aber nicht für die eigene.

Ist es Fluch oder Segen, Tochter einer Pionierin zu sein?

Sängerin habe sie werden wollen.

Vielleicht ein Leben an der Seite einer Frau … Keine Konventionen, keine traditionellen Rollen, frei alles neu zu definieren. Freilich, dummes Gerede wäre in Kauf zu nehmen, doch als Sängerin würde sie in der Welt herumkommen, sich in Metropolen aufhalten, in vielfältigen Kreisen bewegen …

Sängerin habe sie werden wollen, ihre Stimme bilden.

Helene tritt ein, schreitet durch das Zimmer, öffnet das Fenster, Blick in die Ferne. Sachte schließt sie es wieder, dreht sich zu Lorin.

Er hört sie singen, Grieg, Solveigs Lied. Ein Klagelied. Gram liegt in ihrer Stimme, Sehnsucht, Liebe. Lorin lehnt sich zurück, schließt die Augen, Schmerz durchflutet ihn, das ist Musik, so muss Gesang klingen. Solange diese Stimme sie verzaubert, würden Tiere sich friedlich um die Sängerin scharen, selbst wilde Tiere den Jagdtrieb vergessen. Helene vermöchte mit ihrer Stimme die Unterwelt zu rühren – Sisyphus setzt sich auf seinen Stein, Tantalos ruht, verspürt keinen Durst mehr, hascht nicht nach der weichenden Flut, selbst Ixions Rad dreht sich nicht länger. Es lauschen alle der Stimme. Kein Geier schert sich mehr darum, die Leber von Leibern zu zerhacken, es ruhen die Töchter des Danaos in ihrem sinnlosen Tun, das Fass mit dem durchlöcherten Boden zu füllen. Es weinen die Scharen der Toten, Tränen netzen selbst der Rachegöttinnen Wangen. Hades, Persephone, das Herrscherpaar über die Welt der Schatten, der jeder einst angehören wird, lassen sich rühren vom Zauber der Stimme, die selbst die Welt des Todes erstrahlen lässt. Keinen Wunsch würden die Götter der Unterwelt ihr abschlagen können bei diesem Gesang. Das ist es, was die Tiere im Sihlfeld von ihm erwarten, nichts Geringeres als das.

Lorin öffnet die Augen. Taumel erfasst ihn, Liebe, Schmerz. Zweifellos die Stimme einer Sängerin, einer orphischen Sängerin gar.

Helene hat ihren Wunsch durchgesetzt, ihre Stimme gebildet. Helene kann viele Leben haben, auch eines als Sängerin, als Pionierin.

Eine Pionierin, die ihre Karriere als Sängerin gegen allen Widerstand durchsetzt und niemandem opfert, weder Ehemann noch Lebensgefährtin.

Ist es Fluch oder Segen Pionierin zu sein. Hat Marie die Wahl ihres Weges wirklich bedauert, wie sie Arnold in einem Brief geschrieben, hätte sie die Tätigkeit der Pflegerin vorgezogen, wenn es nichts zu erkämpfen gegeben hätte, wenn sie damals, bei ihrer Entscheidung zum Medizinstudium, nicht so verzweifelt unglücklich gewesen wäre?

Die Aussage habe Mutter gegen Ende ihres Lebens gemacht, eine andere Sache, wenn sie tatsächlich noch einmal hätte wählen können oder müssen.

Dennoch, auch für Marie sind verschiedene Wege denkbar.

Schwer vorstellbar. Aber ja, vielleicht, wer weiß. Selbst für ein Vögtli.

Es gibt kein Zurück, nur das Jetzt, doch das Jetzt ist reich an Möglichkeiten.

Nichts Beunruhigendes.

Doch all die Erscheinungen in letzter Zeit …

Grenzen verschwimmen.

Nichts Beunruhigendes?

Gestern ist heute, morgen bald gestern. Heute kann auch morgen sein. Aber manchmal ist heute nur heute.

Noch heute wird er anrufen.

Noch heute!

9 Heidelbeeren

Die Fruchtwürfel heute unsorgfältig kombiniert, das Verhält-
nis der Nachbarschaften untereinander nicht ausgewogen.

Rot
dominant
durch ein über-
mäßiges Volumen an grob geschnittenen
roten Würfeln mit schwarzen Kernen.
Prominentes Debüt der Wassermelone.
Seltenes Ereignis, in der Regel tritt sie nur
als Solistin auf. Überall Rot, selbst die
Nektarinenhaut heute vorwiegend rot ge-
färbt, die Pflaume mehr rötlich als violett. Dunkel
warnend das Magenta der Himbeeren, flackernd die
Granate, signalrot die Johannisbeeren. Die Birne Williams
gestürzt, vorwiegend grün, ihr Weiß auf die Unterseite
gekehrt, doch auch sie von Rot überrollt. Erdbeeren-
bergsturz. Erdbeerfleisch auch auf den grüngestreiften
Stachelbeeren. Orange, vertreten durch Aprikose
und Charentais-Melone, ungenügend als Gegen-
wicht. Abgesehen von Orange kaum Opposition
zur Omnipräsenz von Rot. Heidelbeeren abwesend.
Einzig die Brombeeren geben sich tief schwarz, ein
undurchdringlich glänzendes Schwarz.
Ananas, Mango. Wo sind sie geblieben?
Die Strahlkraft der Orange? Das
opake Weiß der
Banane?

Alles hat seine Zeit.

Sollte er nicht längst zurück sein vom Neurologen? Ilana tritt auf den Balkon, zum dritten Mal schon innerhalb von zehn Minuten.

Endlich.

Lorin blickt auf das Gemälde im Glasteller, liest die Botschaft, unschwer zu entziffern. Alarmstimmung.

Dreamy State, sagt er, um die Spannung möglichst schnell zu brechen. Der Neurologe ist der Meinung, es handle sich um einen Zustand, der vor allem im Rahmen des Epilepsiegeschehens bekannt sei und *Dreamy State* genannt werde. Eine veränderte Wahrnehmung, traumartig, eine Sonderform von Aura, die auch isoliert vorkomme, also ohne anschließenden Anfall.

Auf Ilanas Gesicht keine Erleichterung, mit angespannter Miene erwartet sie weitere Erläuterungen.

Entwarnung, sagt Lorin, ob sie denn nicht verstehe? Ja, man werde sich damit befassen müssen, nachlesen, was dies genau bedeute, aber vorerst sei er einfach nur erleichtert, dass es eine Erklärung gebe für die sonderbaren Phänomene in letzter Zeit. Wichtig sei, darauf zu achten, dass er nicht wieder vergesse zu trinken, im dehydrierten Zustand arbeite das Hirn nicht mehr einwandfrei. Auch auf Salzmangel müsse er achten.

Ilana noch immer beunruhigt. Ob es sich denn um eine Form von psychotischem Geschehen handle.

Selbst das würde ihn nicht schrecken, es sei ja vorübergehend, schmerzlos, gefahrlos, hinterlasse keine Schädigungen. Einzig das Fehlen jeder Erklärung habe ihnen in den letzten Tagen geschadet, ihnen beiden. Doch nun …

Ilanas Seufzen wenig überzeugt.

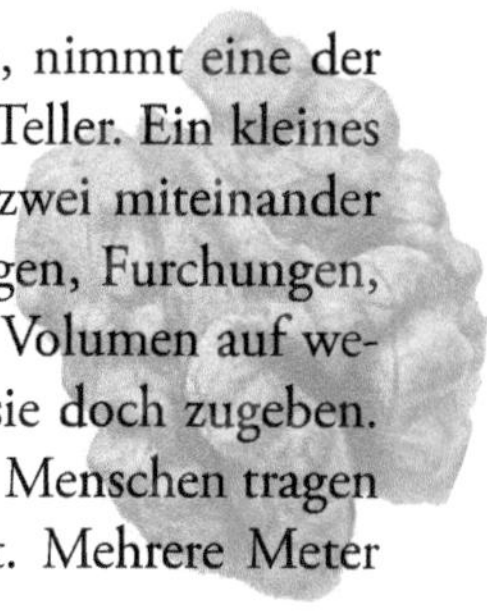

Er öffnet das Glas mit den Walnüssen, nimmt eine der Hälften heraus, legt sie sorgsam in seinen Teller. Ein kleines Hirn, könnte man denken, unterteilt in zwei miteinander verbundene Hälften, Windungen, Faltungen, Furchungen, platzsparendes Konstruktionsschema, viel Volumen auf wenig Raum. Ein Wunderwerk, das müsse sie doch zugeben. Man stelle sich vor, welch große Köpfe die Menschen tragen müssten, wäre das Gehirn nicht gefurcht. Mehrere Meter lange Köpfe.

Endlich ein Lächeln auf Ilanas Gesicht. Ein Lachen. Die Eiche schüttelt sich, ein rauschendes Lachen im Wind. Ilana, seine Eiche.

Lorin, ihr Sänger, ihr Dichter.

Am Ende werde er selbst noch aus einem neurologischen Symptom Nutzen ziehen, werde sich von den Halluzinationen inspirieren lassen, sich herbeiwünschen, was andere ängstlich von sich stießen.

Es sei ja nicht gefährlich, folglich könne man es auch nutzen, warum denn nicht. So, wie man Träume als Quelle der Inspiration für Kunst nutze.

Oder als Königsweg bei psychotherapeutischen Behandlungen, als Zugang zu einer Welt, die sonst verschlossen. Dennoch …

Bewusstseinserweiterung. Eine attraktive Möglichkeit. Andere konsumierten dafür Drogen, nähmen Risiken in Kauf und hohe Kosten. Auf seine Weise erfolge der Effekt ganz mühelos und erst noch gratis.

Es reiche, sie gebe sich geschlagen.

Das Hirn ist ein Wunderding, je mehr man darüber weiß, umso unüberschaubarer das Forschungsfeld, die offenen Fragen vermehren sich rasant. Allein die verschiedenen Bewusstseinszustände … Träumen im Wachzustand – das Hirn im Schlafmodus, der Rest des Körpers im Wachzustand funktionierend, Bewegen, Sprechen, adäquat Reagieren, alles möglich. Auch das Gegenteil kommt vor – das Hirn im Wachzustand, der Rest im Schlafmodus mit entsprechender Bewegungssperre, sogar das Sprechen außer Kraft.

Das stelle sie sich beängstigend vor, man könne hoffen, dass so etwas nur kurz dauere.

Ja, hoffentlich. Ganz im Gegensatz zum Dreamy State, sagt Lorin, was immer auch das sein mag … Zumindest eine brauchbare Hypothese.

Brauchbar wofür?

Dreamy State als Türöffner zu einer anderen Welt. Ich wünschte, ich könnte diesen Zustand noch einmal erleben, ihn willentlich herbeiführen, vielleicht kann man daraufhin trainieren, so, wie manche Menschen luzides Träumen durch systematisches Üben optimieren.

Er sei doch aber weder auf der Baustelle noch auf dem Friedhof luzid gewesen, habe es erlebt wie in einem normalen Traum, eins zu eins, ohne zu wissen, dass er träume.

Ja, und ohne Einfluss auf das Geschehen. Alles findet statt, ohne hinterfragt zu werden, die Regeln aus dem Wachbewusstsein im Alltag in einer natürlichen Weise außer Kraft. Logik, Naturgesetze, gesellschaftliche Normen, nichts gilt mehr, Zeit, Raum, alles flexibel, man wundert sich nicht darüber, alles selbstverständlich, auch das Verrückteste, Unmöglichste, Unmoralischste; man kann im Traum jemanden ermorden ohne die geringsten Gewissensbisse.

Ein herber Schlag für Dostojewskij!

Was weiß man, vielleicht hat Dostojewskij so auf Moral und Gewissen gepocht, weil er ahnte, wie schnell zivilisatorische Errungenschaften sich auflösen, als wären sie nie dagewesen.

Dostojewskij war doch selbst Epileptiker, ob er wohl auch solche Zustände erlebte?

Der Idiot könnte am ehesten darüber Auskunft geben, man müsste ihn direkt noch einmal daraufhin lesen. Oder seine Briefe. Wobei natürlich selbst in den Briefen offen bleibt, was Dichtung und was Erlebnis, es sei denn …

Du hast doch nicht etwa vor, dich mit Friedrich Erismann über Dostojewskij zu unterhalten, sagt Ilana, lacht, doch ihre Miene drückt mehr Besorgtheit aus als Belustigung.

Das wäre ein Glücksfall, wer weiß … Den Sihlfeld Friedhof werde er jedenfalls erneut besuchen und auch bei der Baracke des Bauleiters könnte er sich umhören, es gebe eben Orte mit besonders inspirierender Wirkungskraft. Jetzt aber sei höchste Zeit sich der Früchte anzunehmen, die belebtes Zeugnis ablegten von Ilanas Beunruhigung.

Ilana zieht den Teller näher heran, beschaut sich die Komposition. Ertappt, sagt sie, es lasse sich nicht abstreiten. Ein fürchterliches Durcheinander. Nicht einmal wild, sondern unästhetisch schrill.

Er hoffe, sie habe sich durch die Erklärungen des Neurologen entspannt.

Nein, von Entspannung könne nicht die Rede sein, zu unheimlich sein Türöffner.

10 Chimären

Mehrmals schon hatte er inzwischen seine Bekannten auf dem Friedhof besucht, die umfangreiche Familie Heim, deren Nachbarn Friedrich Erismann mit Gattin Sophie und Tochter Wera, sogar bei Johanna Spyri hatte er aus Neugier eine Stippvisite gemacht, nichts war geschehen. Kein Zugang. Kein Tor in die andere Welt.

Er hatte Anleitungen gelesen zum Training von luzidem Träumen, was wenig gebracht hatte, handelte es sich doch um ein anderes Phänomen, hatte versucht, sich zu erinnern, unter welchen Umständen es bisher zu den Bewusstseinsveränderungen gekommen war, sogar riskiert, durch Dehydrierung aktiv nachzuhelfen. Ohne Erfolg.

Sich weniger anstrengen, war Ilanas Rat, alle Bemühungen führten nur zu einer Verkrampfung.

Gar nicht so einfach, Lorin hat sich einmal mehr auf den Friedhof begeben, völlig absichtslos, wie er sich einredet. Vielleicht heute, wenn ich es am wenigsten erwarte, da ich mich nur ein bisschen bewegen möchte, ein paar Schritte gehen, der Gesundheit wegen …

Seine völlig absichtslosen Schritte führen ihn direkt zum Krematorium im Sektor D. Vor dem Sphinx-Portal bleibt er stehen, bestaunt wiederum die sonderbare Kombination verschiedenster Stilrichtungen aus allen Epochen. Eigentümlich, hat was von allem – und für niemanden. Woher dieser Satz, er geht ihm durch den Kopf, stammt aber nicht von ihm. Oder doch? Vom Audiowalk vielleicht. Von der Sphinx, die oben auf der Mauer über ihm thront und scheinbar unbeteiligt in die Ferne blickt?

Wohin gehen die Schatten, wenn kein Licht mehr da?

Es muss die Sphinx sein.
Sie hat ihm ein Rätsel gestellt.
Was, wenn er es nicht lösen kann? Er glaubt, die Antwort zu kennen, zumindest eine Ahnung hat er davon. Doch ist es eine Frage an den Heutigen? Eine Frage aus der Zeit der Sphinx? Eine ägyptische Sphinx? Je nach Kontext wäre die Antwort eine andere. Bei diesem Stilmix ist es nicht einfach, die Sphinx eindeutig zu identifizieren. Was, wenn die Antwort falsch?

Stopp!

Heute wird er den Kreuzgang nicht betreten, die Familie Erismann nicht besuchen, auch die Heims nicht. Nicht einmal die Fische im Wasserbecken wird er begrüßen. Nein, heute nicht. Er entfernt sich mit schnellen Schritten Richtung Sektion A.

Allmählich kehrt Ruhe ein. Lächerlich, schilt er sich, wagt erstmals wieder sich umzuschauen.

Vorbei am Grabmal der Familie Grieder. Seiden Grieder. Wohlhabend, sichtbar auch nach dem Tod. Treppenstufen führen zu einer monumentalen Portalanlage, das Tor zwischen Leben und Tod, verwittert, rissig, vergänglich. Eine Frauengestalt lehnt sich gedankenverloren an den Rahmen des Portals, der Zugang verschlossen, oder ist da noch ein Spalt offen, eine Verbindung zu anderen Räumen möglich? Wie beschaffen der mögliche Raum dahinter? Ein Nicht-Raum. Utopie. Trennende Gemäuer, ein Spalt, ein Riss manchmal existenziell. Für Liebende. Pyramus und Thisbe …

Weiter, wenige Schritte nur zur nächsten Grabstätte, Familie Amberger.

Beim Amberger Engel bleibt er stehen, er kennt ihn inzwischen, für ihn ist es der schönste auf dem Gelände.

In sich versunken ruhend lehnt sich die Engelsgestalt an ein riesiges Kreuz. Lange, gewellte Haare, in der Mitte gescheitelt, unter dünnem Gewand zeichnen sich feine Glieder ab, schaut man länger hin, sieht man, wie die Brust sich hebt mit jedem Atemzug. Zu Leben erwachter Stein, präzis herausgearbeitet aus Carrara Marmor. Kunstwerk. Mehr. Mythisches Mischwesen, Chimäre, sanfte Gestalt einer Frau gekoppelt mit Adlerschwingen, die Flügel sich frei entfaltend, die Spannweite so breit, dass jeder Steinadler stolz auf ein derartiges Flügelpaar wäre, nicht nur ein Adler aus Stein. Steinadler. Prädatoren.

Prädatoren töten ihre Beute. Wäre es möglich, dass dieser sanfte weibliche Engel sich unvermittelt in die Lüfte schwänge, um Beute zu jagen, sie zu erspähen, zu ergreifen, zu töten? Schwer vorstellbar. Warum? Schönheit gepaart mit Raubtierinstinkt. Ein Kolkrabe setzt sich auf des Engels Schulter, unmittelbar beim Flügelansatz. Ein kurzes Zucken geht durch den Flügel. Lichtspiel? Täuschung? Aura? Nimm dich in Acht, Kolkrabe, du magst Eichhörnchen jagen, gegen eine Engelchimäre bist du chancenlos. Marie würde sich grämen. Bist du es, den sie gesund gepflegt? Nimm dich in Acht vor dem zuckenden Engel.

Es gibt sanftmütige Mischwesen, Pegasos, das geflügelte Pferd, freundlich und helfend. Mag auch die ursprüngliche Chimaira, die Namensgeberin, ein feuerspeiendes Ungeheuer sein, so soll man ihretwegen nicht zu schnell auf alle Mischwesen schließen. Der Kolkrabe schließt die Augen, öffnet sie wieder, rührt sich nicht von der Stelle. Nein, er fürchtet die Engelchimäre nicht.

Wildblumenparadies. Baumparadies. Tierparadies.
Trost für die Lebenden?
Die Verstorbenen haben nichts davon.

Die Verstorbenen in der Vorstellungswelt der Lebenden schon, mein Freund, tönt es aus einer kleinen Öffnung inmitten eines wilden Bartreliefs, Bocca de la verità, denkt Lorin, dieses Gesicht erinnert stark an die Marmorscheibe, die er in Rom gesehen, Brunnendeckel, Kanalabdeckung, Cloaca Maxima. Doch das Gesicht wird zunehmend lebendig, die Stirne wellt sich, um die wachen Augen bilden sich Lachfältchen, Karl Bürkli, sprudelt es aus dem Bart, der im Gegensatz zum schütteren Haupthaar üppig wuchert. Ob es ihm an Mut fehle für ein bisschen Fantasie?

Das nicht, erwidert Lorin, er habe nur kurz überlegen müssen, mit welchem Mitglied der umfangreichen Familie Bürkli er die Ehre habe.

Umfangreich. Im umfassendsten Sinne des Wortes, sagt Bürkli mit einem Grinsen, vor allem, wenn man den Umfang an Besitz, Einfluss und Macht mitbedenkt. Er weist auf eine Reihe von Grabsteinen. Alles Mitglieder der Familie Bürkli mit Anhang, sagt er. Wenn ein Besucher hier so herumstreife, sei er bestimmt auf der Suche nach Arnold Bürkli, seinem Cousin, ja, ja, das passiere oft.

Der vom Bürkliplatz?

Genau. Kaum einem Bewohner Zürichs sei Bürkli unbekannt, Ingenieur Bürkli, dem die Stadt das Kloakennetz und eine neuzeitliche Wasserversorgung verdanke und außerdem die Bahnhofstraße und die Bahnhofbrücke, davor sei nämlich der Bahnhof nur sehr umständlich zu erreichen gewesen, vom Paradeplatz her auf schmalen Wegen am Fröschengraben entlang, dann auf einer kleinen Brücke über den Schanzengraben. Und vom Central, noch eingeschränkter, über einen Fußgängersteg über die Limmat. Man stelle sich das vor, wie unpraktisch, beinahe hätte man für den Neubau des Bahnhofs einen anderen Standort gewählt. Ja, da habe der Arnold schon etwas geleistet. Auch die Quaianlage am See. Den Bürkliplatz kenne jeder Zürcher. Aber wie gesagt, der sei seinem Cousin gewidmet, Arnold, nicht ihm. Er lacht. Aber ihn, den Karli, habe man entweder bekämpft oder belächelt – oder beides gleichzeitig.

Vor wenigen Tagen sei zu seinem zweihundertsten Geburtstag ein Artikel über ihn in der NZZ erschienen, sagt Lorin, der seine Unsicherheit augenblicklich abgeworfen hat, augenblicklich im wahrsten Sinne des Wortes, beim Blick in Karl Bürklis prüfende Augen.

Wie kann das sein? Zweihundert Jahre schon?

Lorin nickt. Auch habe ein Historiker zu diesem Jubiläum ein Buch über ihn veröffentlicht. Wenn er sich richtig erinnere, habe sogar eine Lesung stattgefunden, hier auf dem Friedhof Sihlfeld. *Karl Bürkli, der Sozialist vom Paradeplatz,* so heiße das Buch, geschrieben von Urs Hafner.

Karl schüttelt sich vor Lachen. Schade, dass ich das verpasst habe. Paradeplatz! Da war damals eine große Wiese mit einem Landsitz namens Tiefenhof, das Anwesen erstreckte sich bis zum See. Riesige Gartenanlagen, ein Springbrunnen, eine uralte Linde noch aus Zeiten der Reformation, beliebter Treffpunkt der Jugend. Ja, das hat die Leute immer erstaunt, wie einer aus einer solchen Familie so vollkommen aus der Art schlagen kann. Seidenindustrie. Aristokratie auf beiden Seiten. Die Mutter eine Füssli. In der Tiefenhof Villa wohnte auch ein Bruder meines Vaters, Onkel Georg, Arnolds Vater, der war Stadtpräsident. Seine Frau eine Escher von der Linth, man heiratet ja selbstverständlich untereinander, sorgt dafür, dass Macht und Wohlstand in denselben paar Patrizierfamilien erhalten bleiben. Die hatten fünf Kinder, wir waren sechs, eine rechte Rasselbande. Wehe, wenn uns einer in die Quere kam, so unterwürfig wir von unseren Vätern gehalten wurden, so sehr teilten wir aus, wenn wir draußen waren.

Schlägereien unter Kindern?

Schlimmer. Aufgehetzt von unseren Eltern, griffen wir einen Lehrer an, einen Liberalen. Gestraft wurden dann nicht wir von der Familie Bürkli, sondern ein anderer, ein Mitläufer aus bescheidener Familie, der Gottfried … Dort drüben ist er, der Keller, berühmter als wir alle, letztendlich.

Der Schriftsteller?

Genau der, bestätigt Bürkli, er hat die ganze Affäre verewigt in seinem *Grünen Heinrich*. Wir kommen dabei ziemlich mies weg, nicht zu Unrecht, allerdings. So verhetzt waren wir. Großbürgertum … Unsere Familie stockkonservativ. Seidenfabrikanten. Alles Patrizier. Einzig der Bruder meiner Mutter hatte es mit dem Liberalismus, mein Vater verbot mir den Kontakt mit ihm. Er wollte mich vor schlechtem Umgang bewahren, was allerdings wenig genutzt hat. Es kam noch viel ärger! Bürkli lacht verschmitzt.

Das schwarze Schaf, sagt Lorin, auch er nun heiter gestimmt.

Querulant. Spinner. Nestbeschmutzer. Kommunarde. Texaner. Räuberhauptmann. Stammeshäuptling. Rebell.

Kommunist. Revolutionär … Gewiss, auch er sei zu seiner Zeit bekannt gewesen, bekannt wie ein bunter Hund, das habe der Familie keine Ehren eingebracht. Dröhnendes Lachen. Zweihundert Jahre! Kaum zu glauben … Mit der Zeit sei es so eine Sache. Seinen achtundsiebzigsten Geburtstag habe er noch in Erinnerung, auch die lebhafte Tafelrunde im September jenes Jahres bei Dodel, dem Botaniker, ein Haufen interessanter Leute habe sich da getroffen und über Evolution, Urkommunismus und die Gleichstellung der Geschlechter diskutiert, der Bebel sei auch dabeigewesen. Bebel, wir werden uns nicht wiedersehen, habe er ihm beim Verabschieden gesagt. Und nun plötzlich soll er zweihundert Jahre alt sein? Absurd. Doch was ist schon Zeit. Als ob ein Leben in einer Spanne von Jahren erfasst werden könnte.

Auf dem Friedhof liest man fast nichts anderes als dürftige Lebensdaten, sagt Lorin, Namen, Geburtsdaten, Todesdaten, vielleicht einen frommen Spruch. Aber nichts darüber, was das Leben eines Menschen ausmacht. Was denn auf seinem Gedenkstein geschrieben stehe, will Lorin wissen, er habe ihn hier unter den Familienmitgliedern der Bürkli nicht finden können.

Spöttisches Lachen, begleitet von einer wegwerfenden Handbewegung. Familiengrabstätte der Bürkli, als ob ich da hinpasste … Ein leidenschaftliches Leben, diesen einen Wunsch habe ich mir in vollem Ausmaß erfüllt. Keine vorgezeichneten Wege. Schulverweigerer. Schlechte Noten. Vom Untergymnasium geflogen. Dann eine Gerberlehre, die mich hätte Demut lehren sollen. Doch die Lehre hat mir gefallen und noch mehr dann die Walz, meist in Begleitung von Compagnons. Eine Art Bruderschaft, in der man sich gegenseitig geholfen hat. Lausanne. Lyon. Avignon. Aix-en-Provence. Marseille. Paris. Ob er Paris kenne.

Lorin nickt.

In jungen Jahren eine neue Welt für mich. Charles Fourier, seine kühnen Entwürfe für ein gerechtes Zusammenleben der Menschen.

Ob er ihn noch persönlich gekannt habe?

Nein, nein, Fourier war schon ein paar Jahre tot, aber einige seiner Weggenossen habe ich in Paris kennengelernt, das schon. Ein gerechteres Leben, Wohlstand für alle, gleiche Rechte für Männer und Frauen, freie Liebe ohne Ehestand, egal ob Mann mit Frau oder gleichgeschlechtlich – das waren Visionen! Nach Texas bin ich dann gezogen, um mit Gleichgesinnten das Experiment zu wagen, die Utopie Fouriers in die Praxis einer Lebensgemeinschaft umzusetzen. Über hundert Teilnehmer habe ich zusammengetrommelt. Eine Kommune, ein Phalansterium, wie Fourier es genannt hat. Von Phalanx, Schlachtreihe, die Speerspitze einer neuen Gesellschaft … Wir sind grandios gescheitert, aber versucht haben wir es immerhin, darauf kommt es an. Die Rückkehr nach Zürich war nicht einfach, der Gang durch die Stadt ein Spießrutenlaufen. Dennoch, ich bereue nichts. Aus dem Misserfolg habe ich gelernt, Texas ist ein Meilenstein in meinem Leben, ein Leitstern. Die Utopie habe ich nicht aufgegeben, nie, aber zum Pragmatiker bin ich geworden, habe begriffen, dass es Reformen braucht. Die Utopie fällt nicht vom Himmel, lässt sich aber auch nicht erzwingen. Sie ist ein Fingerzeig, in welche Richtung es gehen könnte. Ein gemeinsames Voranschreiten. Ein Leben lang habe ich experimentiert. Gestritten. Mit Leidenschaft gelebt. Da sind Misserfolge inbegriffen.

Ein Netz von Lachfältchen zieht sich über das Gesicht Karl Bürklis, nicht nur um seine lebhaften Augen, über Stirn und Wangen breitet es sich aus, die Nase kräuselt sich, einzig um den Mund sind sie nicht sichtbar, verborgen unter wuchernden Barthaaren. Zeitzeugen. Ins Gesicht geschriebenes Leben, Ausdruck dynamischer Erlebnisse, leicht lesbare Zeichen, das Gesicht ein offenes Buch, wären da nicht die verborgenen Stellen unter seinem Bart. Um wie viel aufschlussreicher dieses Fältchennetz, denkt Lorin, als ausdruckslose zeitliche Begriffe, geboren 1823, gestorben 1901 …

Es hat aber durchaus auch erfolgreiche Experimente gegeben, sagt Karl. Mit der Gründung des Konsumvereins, gemeinsam mit Treichler, haben wir für billige Lebensmittel für die Arbeiter und viel Aufregung bei den Liberalen gesorgt, das war noch vor dem Texas Abenteuer. Danach, nach dem großen Scheitern, habe ich in Zürich ganz von vorn anfangen müssen. Mit dem Treichler habe ich mich überworfen, der ist zu den Liberalen übergelaufen, ins Lager von Alfred Escher, dem Eisenbahnkönig. Ausgerechnet! Den genossenschaftlichen utopischen Gedanken hat er aufgegeben, tief im Kot steckte der.

Oho! Starke Worte für einen ehemaligen Freund, meint Lorin und denkt sich, dass es wohl eine dicke Haut brauchte, wenn man auf der Gegenseite Bürklis stand.

Rau sei es zu und her gegangen, eine Schlammschlacht in der Presse, es sei ja auch um viel gegangen. Der Treichler habe gewonnen … an eine Zusammenarbeit im Konsumverein nicht mehr zu denken. Aus! Die Freundschaft tot. Er habe sich nach einem neuen Betätigungsfeld umsehen müssen in Zürich. Was tun? Bürkli schweigt, als ob er Lorin zum Raten animieren wollte.

Lorin zuckt die Schultern. Zu unberechenbar Bürkli, jedenfalls der Karl.

Eine Beiz habe ich betrieben, an der Metzgergasse im Niederdorf, sagt Bürkli und strahlt. Wein, Bier, Schnaps, Suppe, Käse, Brot, das hat mir gepasst, als Wirt lernt man jeden Tag interessante Menschen kennen, einfache Menschen, und man kommt mit ihnen ins Gespräch. Das Gerberhandwerk gefiel mir recht gut, doch das Fell der Menschen hat mich weit mehr interessiert als das der Tiere. Wenn ich es mir so recht überlege, so habe ich überraschenderweise in der Schenke im Niederdorf mein Phalansterium gefunden, nicht im fernen Texas, wo ich es gesucht hatte, sagt Bürkli und schüttelt lachend seinen Kopf. Besser ein kleines Phalansterium als gar keines. Hier hat das Leben Freude gemacht, mit Gästen, Gesinnungsgenossen und Freunden trinken, lesen, diskutieren, Arbeit und Freizeit einerlei, ein Lebensort, so sinnlich wie politisch. Um die Demokratisierung der Welt in Angriff zu nehmen, hat es keinen besseren Ort gegeben als meine Schenke. Ein öffentlicher Ort der Debatten über gar alle Themen des Lebens, natürlich auch politische, der Funke der Revolution, viel Volk, keine Polizeistunde.

Lorin wirft Bürkli einen fragenden Blick zu.

Ja, sagt dieser, bevor Lorin fragen kann, es seien heiße Jahre gewesen, die Zürcher Revolution heiß, aber friedlich. Er sei wieder in den Großen Rat gewählt worden und habe sich der Demokratischen Bewegung angeschlossen. Das Volk sei auf breiter Ebene enttäuscht gewesen, unzufrieden mit dem Regime der Liberalen und habe es schließlich mit friedlichen Mitteln weggefegt.

Wie er sich das denken müsse, fragt Lorin, der sich das friedliche Wegfegen und Weggefegtwerden nicht so recht vorstellen kann.

Mit demokratischen Mitteln, mit der Forderung nach einer neuen Kantonsverfassung, demokratischer sollte sie sein als die Bundesverfassung von 1848. Direkte Mitsprache bei neuen Gesetzen. Zusammen mit Locher, einem alten Weggefährten, habe er die Bewegung vom Land in die Stadt gebracht, habe Pamphlete geschrieben, Reden gehalten. Als dann noch die Cholera in der Stadt gewütet habe, vor allem in der armen Bevölkerung, sei das Fass übergelaufen. 30'000 Unterschriften hätten sie zusammengebracht und noch Ende Dezember 1867 aufs Amtszimmer des Regierungspräsidenten gebracht … Bürklis Augen sprühen vor Vergnügen. Was für eine Genugtuung, den Stapel Papiere auf den Schreibtisch des Regierungspräsidenten zu knallen, es war nämlich der Treichler, der dahinter saß, ich höre den Knall heute noch in meinen Ohren, die reinste Musik.

Wie es denn weitergegangen sei, will Lorin von Bürkli wissen, man hat ja nicht alle Tage Gelegenheit einen Zeitzeugen dieser wichtigen Epoche vor sich zu haben, doch Bürkli ist in der Genugtuung seiner persönlichen Rache an Treichler hängengeblieben und braucht Zeit, bis er den Faden wieder aufgreift.

Bereits im Januar darauf befürworteten neunzig Prozent der stimmberechtigten Männer die Totalrevision der Kantonsverfassung. Ein Verfassungsrat wurde gewählt, eine Subkommission bearbeitete die über hundertfünfzig Eingaben aus der Bevölkerung, denn diese war aufgerufen, sich an der Verfassungsänderung zu beteiligen. Er habe sich in der Kommission für die direkte Demokratie stark gemacht, also für die Volksinitiative und das Referendum. Damit sei er durchgekommen, nicht aber mit seinem Vorschlag einer hohen Steuerprogression. Fazit: Das Volk stimmte der neuen Verfassung zu, die liberale Regierung trat zurück, sie konnte gar nicht anders. Das ist die Zürcher Revolution, die Einführung der direkten Demokratie, ein Novum für den Kanton, für die ganze Nation, ja sogar weltweit. Zusätzlich enthielt die neue Verfassung die Direktwahl sowohl des Regierungsrates wie der Ständeräte. Der Funke sprang von Zürich auf weitere Kantone über, schließlich auf den Bund; selbst mit Politikern aus den Vereinigten Staaten von Amerika stand ich darüber in Kontakt.

Bürkli streicht sich durch den Bart, die Genugtuung ist noch immer deutlich sichtbar.

Im neuen Kantonsrat hatte ich dann ein mächtiges Forum für meine Anliegen, um den Ausbau der Volksbildung ging es mir, aber auch um die Gründung einer Kantonalbank, die es endlich Arbeitern, Bauern und Handwerkern erlauben sollte, Kredite aufzunehmen, sozusagen als Gegengewicht zu Eschers Bank. Nicht alle meine Visionen konnte ich verwirklichen, zur Bildung der Vereinigten Staaten von Europa ist es leider nicht gekommen, Europa damals ein ständiger Krisenherd, der deutsch-französische Krieg … Aber immerhin ist es gelungen, die direkte Demokratie in der Schweiz durchzubringen. Zwanzig Jahre später, mit der Wahlreform, ging daraus sogar die Dreifaltigkeit der direkten Demokratie hervor: Volksinitiative, Referendum und Proporz. Erst mit den Proporzwahlen haben sich die Machtverhältnisse substanziell verändert.

Ein großer Wurf, anerkennt Lorin, gegen viel Widerstand.

Hartnäckigkeit braucht es, eine Vision und viel Leidenschaft. An Leidenschaft hat es mir nie gefehlt.

Ein politisches Tier …

Ja, das sei er gewesen. Sehr zum Ärger der Liberalen. Escher habe ihn als persönlichen Feind gesehen, nicht ganz abwegig …

Lorin lacht, kann es sich lebhaft vorstellen. Wenn die von ganz rechts, die sich heute am lautesten mit der direkten Demokratie brüsten, wüssten, dass diese Rechte von ganz links angestoßen wurden, die würden sich schön wundern.

Oder auch nicht, die Lautstärksten wüssten es vermutlich sehr wohl, das hindere sie nicht daran, sich als Hüter der Demokratie zu verkaufen, das sei schon immer so gewesen. Wahlpropaganda … Die Politik ist ein heikles Geschäft.

Man muss unablässig auf der Hut sein, sich nicht einspannen zu lassen, Gefahren lauern überall, nicht nur gegen rechts muss man sich wappnen, ebenso gegen links; wie schnell landet man in einem totalitären System.

Karl Marx. Er sehe ihm ähnlich.

Bürkli verzieht das Gesicht. Er sei nicht der Erste, der ihm eine Ähnlichkeit nachsage, vielleicht der Bart. Aber Marx habe er nicht gemocht, Bakunin, seinen Gegenspieler, auch nicht, Bart hin oder her, beide hätten von einer direktdemokratischen Organisation der Internationalen nichts wissen wollen. Mit denen habe er sich an den Kongressen heftig gestritten. Autoritär seien sie beide aufgetreten, arrogant. Mit Gewalt soll das Volk zu seinem Glück gezwungen werden. So etwas kann nicht gut ausgehen. Er selbst habe sich von niemandem und nichts vereinnahmen lassen. Auch nicht von der Sozialdemokratie. Von den Liberalen schon gar nicht, obwohl der Untergang des Ancien Régime ihnen zu verdanken sei, sie hätten die alten Zöpfe entmachtet, das müsse man gerechterweise anerkennen. Ein erster Schritt, mindestens in die richtige Richtung. Es seien noch viele Schritte zu gehen. Zweihundertster Geburtstag, kaum zu glauben, doch, wie gesagt, was ist schon Zeit …

Bürkli blickt in die Ferne, stutzt. Das ist doch der Bebel dort auf der Bank.

Der Mann auf der Bank winkt. Hattest du nicht gesagt, wir würden uns nicht mehr wiedersehen? Nun?

Mit dem Bebel habe er noch einiges zu bereden. Die deutsche Sozialdemokratie hätte sich besser auf die direkte Demokratie eingelassen, statt sich unter die Knute von Marx und Engels zu begeben. Marx sei zwar ein ausgezeichneter Wissenschaftler, ein brillanter Theoretiker und Ökonom, doch seine gesellschaftlichen Entwürfe … Eine Katastrophe.

Bürkli blickt zu Bebel, wiegt den Kopf. Der texanische Misserfolg hat mich zum Pragmatiker gemacht, zum Realisten, ohne meine utopischen Fantasien aufzugeben. Vielleicht hätte es geholfen, wenn Marx und Bakunin ähnlich desaströse Erfahrungen gemacht hätten. Wer weiß.

Mit einem freundlichen Nicken verabschiedet sich Karl Bürkli, wendet sich dann aber noch einmal an Lorin, bevor er zwischen den Grabsteinen Richtung Bank verschwindet, auf der Bebel ihn erwartet. Die Mühe der Suche nach seinem Gedenkstein könne er sich übrigens sparen. Den finde er nirgendwo. Einmal Utopist, immer Utopist, lacht Bürkli. Er wisse doch, Ou-topos bedeute Nicht-Ort.

Animal politique, denkt Lorin, auch noch im Jetzt und im Hier, auf dem Sihlfeld. Wie sollte es auch anders sein, gehört Karl Bürkli doch zu den Mitbegründern dieses Friedhofs, zu den Initianten des ersten Krematoriums der Schweiz, er hat hier seinen Platz, auch wenn man vergeblich nach einem Gedenkstein für ihn sucht. Seine Präsenz noch immer wirkmächtig, wenngleich sein Name den meisten nur noch durch Cousin Arnold bekannt. Seine Taten aber haben Bestand.

Ein Schmetterling tanzt vor Lorins Nase. Wohin wird er ihn führen? Der Schmetterling, ein wandlungsfähiges Wesen. Raupe. Puppe. Schmetterling. Leben, Tod, Verwandlung. Hauch, Lebenshauch, Psyche. Vom Lebenshauch zum Schatten in der Schattenwelt. Wohin gehen die Schatten, wenn kein Licht mehr da? Psyche auch Schmetterling, Motte. Ein zweiter Schmetterling gesellt sich zum ersten, zwei Verwandelte nun, die ihm gaukelnd den Weg weisen. Lufttänzer. Spielerisch ziehen sie ihn mit, kaum merklich vorankommend.

Bei der prächtigen Marmorurne setzen sie sich auf den Rand des Gefäßes.
Der Putto hebt seine Arme, versucht, nach ihnen zu haschen. Vergeblich, noch sind sie nicht in der Reichweite des mutwilligen Knaben.

Zu früh, murmelt Lorin, blickt zu den Vögeln in den Baumwipfeln, Amseln erkennt er, Spatzen, Meisen, Drosseln. Ein Eichhörnchen, alter Bekannter. Der Lärm der Vögel nun eindringlicher. Lasst mich in Ruhe, hält Lorin ihnen entgegen, wollt ihr wieder versuchen, mich zum Sänger zu machen, ihr täuscht euch, ich bin keine Helene Heim, lasst mich in Ruhe.

Bevor er weitere Tiere anlocken kann, ergreift er die Flucht.

Vorbei an zwei Katzen, die sich auf Steinplatten sonnen. Friedhofskatzen? Er hat sie hier schon einmal gesehen, eine getigerte und eine grau-weiße, im Gleichschritt, Seite an Seite schritten sie eine Allee ab. Alte Vertraute. Nun räkeln sie sich in der Sonne. Auf vertrautem Fuß mit dem Friedhofsrevier. Katzen als sichtbare Seele des Zuhauses, ihr Zuhause der Friedhof. Gibt es nicht auf jedem Friedhof eine Katzenkolonie, Katzen, die von Besuchern mit mehr oder weniger üppigen Mahlzeiten hofiert werden.

Friedhofsrituale. Beschwörung von Leben. Verbindung zwischen Leben und Tod.

Doch der Jagdtrieb einer Katze lässt sich auch mit den besten Leckerbissen nicht besänftigen. Eine Katze ist auch einfach nur eine Katze, jagt Vögel, Mäuse und Eidechsen.

Galt womöglich der Lärm der Vögel, der ihn schreckte, gar nicht ihm?

11 Aprikose

Trällern aus der Küche. Ein sicheres Zeichen für eine glückliche Farbkombination.

Rot,
noch immer stark
präsent, erscheint heute nu-
anciert, feurig bei der Johannisbeere,
opakrosa in der Wassermelone, leuchtend
bei der Erdbeere, abgeschattet das Himbeerrot,
durchscheinend die Kerne des Granatapfels, die,
flankiert von Birnenweiß und zartem Rosa der Was-
sermelone, ihren schimmernden Zauber entfalten. Die
Nektarine heute vorwiegend in Gelb, ein sattes Gelb,
das sie zum idealen Nachbarn für die Brombeere macht.
Die Pflaume zeigt sich wieder in Dunkelviolett, bringt
damit das Rosa der Wassermelone auf der einen, das zarte
Orange deren Verwandten aus Cavaillon auf der ande-
ren Seite optimal zur Geltung. Die Stachelbeere, etwas
blasser nun, integriert sich zwischen Erdbeeren und
Johannisbeeren. Premiere feiert die Feige, ihr etwas
unruhig gesprenkeltes Inneres wird aufgefan-
gen vom einheitlichen Hell der Birne und
dem sanften, den Ton der Feige auf-
nehmenden Dunkelrosa der
Himbeeren.

Auf dem Fruchtgemälde fehlen Aprikosen. Auch wenn man sie hie und da noch zu kaufen bekommt, sind sie doch nicht mehr genussreif, täuschen durch ihr Bild lediglich eine Aprikose vor. Die Saison unwiderruflich vorbei.

Ein freundlicher Tag, warm, aber nicht mehr heiß, der Baulärm macht Urlaub, zumindest für zwei Tage.

Den Artikel über Karl Bürkli habe sie auch gelesen, sagt Ilana, schade, dass sie die Lesung verpasst hätten, aber sie seien ja zu dem Zeitpunkt in Italien gewesen. Lorins Bericht über die Begegnung mit ihm nimmt sie mit erstaunlichem Gleichmut auf. Die Erklärung des Neurologen hat letztendlich geholfen, das scheinbar Unbegreifliche als mögliche Hirnleistung zu akzeptieren, als eine unter besonderen Umständen sogar nützliche und hochinteressante Devianz. Mehr noch, Ilana äußert geradezu Bedauern darüber, dass es ihr an Begabung mangle, Ähnliches zu erleben; weder auf der Baustelle noch auf dem Friedhof hätten sich bei ihr auch nur die geringsten Ansätze eines veränderten Bewusstseins gezeigt. Leider. Ihr stehe nur der Weg des gewöhnlichen Träumens offen.

Was ja auch nicht zu verachten ist.

Allerdings, sagt Ilana nachdenklich.

Die Symphonie fantastique hat Lorin schon nach der Ouvertüre abgestellt. Berlioz dankt es ihm. Ozawa ebenso.

Ob sie auf dem Friedhof Katzen begegnet sei?

Ja, mehreren. Man würde gerne wissen, woher sie stammten, ob es sich um entlaufene Tiere handle, um Haustiere, die während der Sommerferien allein gelassen würden, oder um verwilderte Straßenkatzen, die hier ihr erobertes Revier verteidigten. Er solle doch bei ihnen nachfragen, falls sich beim nächsten Mal die Möglichkeit dazu ergebe.

Lorin schüttelt energisch den Kopf. Er habe nicht versucht, mit den Tieren zu sprechen, im Gegenteil, die Tiere des Friedhofs seien ihm unheimlich, sobald mehrere um ihn herumschlichen, ergreife ihn Panik, er habe den Eindruck, sie würden sich gezielt um ihn scharen und etwas von ihm erwarten.

Im Alltag sei ihm doch wohl in Gesellschaft von Tieren, besonders von Katzen. Was ihn denn bei den Friedhoftieren störe?

Sie stören mich nicht nur, sie verstören mich, geben mir das Gefühl, dass sie mich kennen und erkennen, dass sie etwas über mich wissen, was ich nicht weiß, oder vielleicht noch nicht weiß? Sie verhalten sich, als wäre ich ein alter Bekannter, wollen mich zu etwas bringen, was mir unheimlich ist, neulich musste ich in Panik vor ihnen fliehen. Eine ganze Schar hatte sich um die Bank versammelt, auf der ich saß.

Ob er nicht versuchen wolle, mit ihnen zu sprechen, Flucht verstärke seine Angst, rege die ärgsten Fantasien an. Er habe sich offenbar in etwas hineingesteigert.

Im Dreamy State kann ich das Geschehen überhaupt nicht beeinflussen, es ist wie in einem normalen Traum; etwas völlig Harmloses, ein Plüschtier, kann in einem Albtraum zum Monster mutieren, das man nicht in Frage stellt. Grotesk, wenn man im Wachzustand darüber nachdenkt.

Umso wichtiger, sich im wachen Zustand damit auseinanderzusetzen, damit die Grenzen nicht zu sehr verschwämmen.

Bringt nichts, ich bin dann in einem Geschehen drin, das ich nicht von außen betrachte, alles hat seine eigene, selbstverständliche Logik.

Manchmal mache sie sich Sorgen, ob das zunehmende Auftreten solcher Traumzustände sich nicht verändernd auswirke auf seine Persönlichkeit. Anderseits …

Ich bin ohnehin immer ein anderer. Sogar die Zellen des Körpers erneuern sich ständig, sodass in erstaunlich kurzer

Zeit kaum mehr etwas wie zuvor. Einzig Herzzellen erneuern sich nur langsam, auch bei einem langen, gesunden Leben höchstens zu vierzig Prozent. Leider.

Ja, leider. Eine schnellere Erneuerung der Herzzellen wäre sicher vorteilhaft, vor allem für Risikopatienten wie mich. Wie ist es eigentlich mit der Zellerneuerung im Hirn?

Kompliziert. Zwar werden laufend neue Zellen gebildet, doch sie können die abgestorbenen nicht einfach ersetzen, da auch die Verbindungen verloren gehen.

Tatsächlich kompliziert. Und unheimlich! Würden sich die Hirnzellen ebenso schnell erneuern wie die Hautzellen, hätten wir wohl ein gröberes Problem. Womöglich würden wir uns gar nicht mehr zurechtfinden.

Wüssten nicht mehr, wer wir sind …

So geht es mir schon jetzt. Neulich kam mir ein Brief aus meinen frühen Zwanzigern in die Finger, ein Brief, den ich nicht abgesandt hatte – an meinen damaligen Freund. Was ich las, kam mir so fremd vor, dass es mir schwer fiel, es mit mir in Verbindung zu bringen.

Das ewige Rätsel …

Irgendwie bin ich es nicht, nicht mehr, und irgendwie bin ich es doch. Erinnerungsfäden …

Wobei sich auch Erinnerungen stets neu zusammensetzen, sich geringfügig wandeln, veränderten Gegebenheiten anpassen, neue Gewichtungen erfahren.

Vielleicht bin ich ja längst eine andere Person – wie der Fluss, in den ich steige.

Streng genommen ist auch das unheimlich.

Unheimlich, ja, sagt Ilana, aber es handelt sich um eine Unheimlichkeit, die uns vertraut, wir leben damit, ohne dass wir uns im Alltag daran stoßen. An deine Traum-Zustände muss ich mich erst noch gewöhnen, bis ich die Angst davor loswerde.

Das Obstmosaik verschwunden. Fruchtmandala.

Entstehen, Vergehen. Espressoduft liegt nun in der Luft.

Veränderungen, sagt Lorin, während er die Tassen auf den Tisch stellt, bemerkt man in der Regel erst im Nachhinein, falls überhaupt. Kindheit, Jugend, Erwachsenenleben, Alter … Manche machen noch feinere Einteilungen. Doch solche Epochenwenden sind selten klar zu fassen.

Weder im persönlichen Leben noch im geschichtlichen Verlauf. Kaum merkliche Veränderungen sind das Normale, Epochen künstlich, Einteilungen, mit denen wir versuchen, in allem Wandel eine Übersicht zu gewinnen.

Lorin nickt. Fragwürdig auch die Eckpunkte. Woran man denn das Alter festmachen wolle, an einer Anzahl Jahre etwa, einem runden Geburtstag?

Heute würden die Menschen im Durchschnitt älter als früher. Mit sechzig seien ihre Großmütter alt gewesen, die Großväter längst verstorben.

Auf den Zeitpunkt der Pensionierung?

Ilana lacht. Die Rentenauszahlung als Kriterium. Oder das Beenden des Berufslebens. Doch selbst das erfolgt häufig gleitend. Und vielleicht betätigt man sich ja auf einem anderen Gebiet, oder man vertieft eine Leidenschaft, für die man sich endlich mehr Zeit nehmen kann, eröffnet sein eigenes Atelier, macht sich selbstständig, nimmt noch einmal ein Studium auf.

Wie wäre es mit den Altersbeschwerden als Kennzeichen? Nicht wenige sprechen von Alter, wenn die ersten Gebrechen einsetzen.

Was, wenn man die schon in jungen Jahren hatte? Was mit all den Menschen, die sich durch Fitness gesund und kräftig erhalten? Ist es heute nicht geradezu verboten, nicht fit zu sein, es sei denn, man hätte ausreichende Gründe wie eine schwere Erkrankung vorzuweisen. Und selbst dann.

Alt sei man, wenn man sich alt fühle, heißt es, diese Definition liegt gerade im Trend.

Dann gäbe es vermutlich kaum mehr Alte, denn gerade alte Menschen machen diese Einteilungen nicht, merken eher an, dass sie sich nicht alt fühlen, abgesehen von körperlichen Einbußen, auch nicht jung, eher alterslos, die Jahre keine Bedeutung … Sie verstehen es, aus ihren vielfältigen Erinnerungen ein Gemälde zu malen, statt sie nur aneinanderzureihen, aus diversen Melodien eine Rhapsodie zu komponieren, Stoffe, die man zu einem Gesamtwerk zusammenfügt. Alles gleichzeitig, alles jetzt.

Das, wird gesagt, sei eben ein Kennzeichen von Alter. Dass wir zwei nun gerade darüber diskutieren, würde man bestimmt auch als typisches Merkmal von Alter diagnostizieren.

Unsinn! Wozu all die Einteilungen. Welcher Mensch hätte von sich gesagt, er lebe in der Epoche des Untergangs des Römischen Reiches, in der Spätantike, der Renaissance oder gar im Mittelalter. Absurd, wenn man es aus der Warte des Betroffenen betrachtet. Mittelalter. Mitte zwischen einer Vergangenheit und einer Zukunft, von der er nichts weiß? Nicht einmal Transformationen werden als Epochenwandel wahrgenommen, denn Transformationen finden immer statt.

Ein im Nachhinein erstelltes Grobraster, um Ereignisse einzuordnen, mehr nicht. Ein Versuch, das Vielfältige zu bändigen. Praktisch für Schulbücher.

Auch sie schätze Schubladen, um Ordnung zu halten. Praktisch, aber tückisch, wenn es um Komplexeres gehe als Socken oder Medikamente.

Besonders tückisch, sagt Lorin, sind solche Schubladen bei Identitätssuchern. Der heilige Gral der Identität. Die Versessenheit, sich und die Gruppe, der man sich zugehörig fühlt, zu definieren, der Drang, sich von anderen abzugrenzen, führt nicht nur in die Irre sondern letztendlich zu immer mehr Ausgrenzungen.

Eigenartig. Es beginnt meist mit redlichen Absichten, tatsächliche Diskriminierungen aufheben zu wollen. Man definiert Kategorien, die es zu schützen gilt, Unterkategorien, Unterunterkategorien …

Am Schluss bleibt jeder allein in seinem geschützten Raum, jedes Gespräch mit einem anderen könnte ja verletzend sein, weil der möglicherweise die Dinge anders beurteilt.

Was aber, wenn der Widerspruch aus einem selber kommt, man eine Sache anders sieht, als man sie gestern gesehen hat? Da könnte man direkt zur Gefahr für sich selbst werden.

Vielleicht klammert man sich darum so an eine fiktive Identität, fürchtet sich davor, Widersprüchliches auszuhalten, nicht nur nacheinander, sondern womöglich auch nebeneinander.

Manchmal denke ich mir aus, sagt Ilana nach einer Schweigepause, dass man mehrere Leben hätte leben können. Ganz verschiedene Lebensläufe. Aber zu weit denken mag ich nicht, es wird mir unheimlich, es sei denn …

Lorin sieht sie fragend an.

Sie habe geträumt, sagt Ilana nach kurzem Zögern, korrigiert sich aber, um noch einmal von vorn zu beginnen: Mir hat geträumt, dass ich beim Spazieren durch den Friedhofspark einer Katze begegnete.

Einer der Friedhofskatzen vom Sihlfeld?

Die Frage hat sich im Traum nicht gestellt, unbedeutend auch der Ort … Oder doch nicht? Die Katze, es war eine getigerte, blickte sich um, forderte mich auf, ihr zu folgen.

Wir gelangten an ein Grabmonument, ein großes, steinernes Portal, einen Spalt breit offen, davor eine Frauengestalt, die sich an das Tor lehnte. Die Katze zwängte sich an den Beinen der Frau vorbei durch den Spalt, verschwand. Ich wollte wissen, wessen Grab es sei, suchte vergeblich nach einer Inschrift. Schon wandte ich mich zum Gehen, da wurde die Katze durch den Türspalt wieder sichtbar, zunächst nur der Schwanz. Rückwärts zwängte sie sich mühsam durch den Türspalt, ruckweise, mit den Zähnen ein Buch mit sich zerrend, das sie vor mich niederlegte wie eine erjagte Beute. Ich nahm das Buch an mich und weißt du, was es war?

Lorin schüttelt den Kopf.

Eine Biografie. Meine Biografie. *Biografie einer Eiche* prangte in goldenen Lettern auf dem Ledereinband. Ich begann darin zu lesen, das Buch war schwer, es wurde schwerer und schwerer, bis ich es nicht mehr halten konnte, es fiel zu Boden, lautlos, Buchstaben kullerten heraus, lösten sich von den Seiten, fielen zu Boden, mehr und mehr, türmten sich auf zu einem Hügel, zu einem Berg.

Die Seiten des Buches waren vollständig entleert. Die Katze miaute und sagte, es liege an mir, die Buchstaben aufzulesen und aus ihnen eine neue Biografie zusammenzusetzen. Es sei egal, wie ich die Buchstaben anordnete, aber ich müsse jeden einzelnen verwenden, wehe, wenn auch nur ein Element verloren gehe. Sie miaute streng, lachte dann und verschwand. Daraufhin habe ich sorgsam alle Buchstaben vom Boden aufgenommen und sie in einen riesigen Setzkasten einsortiert.

Deine Träume sind eine wahre Fundgrube, was brauchst du da noch neurologische Besonderheiten. Du solltest daraus eine Geschichte schreiben, das wäre fantastisch.

Ilana lacht, seine unheimlichen Abstecher reichten ihr, sie begnüge sich mit ihrem Hobby als Stadtguerilla Gärtnerin.

Er habe im Sihlfeld eine ganze Gruppe davon gesehen, auffällig unauffällig hätten sie sich auf dem Gelände bewegt, verstohlen Samen herumgestreut.

Sie sei lieber als einsamer Fuchs unterwegs, es mache mehr Spaß. Auch werde man weniger beachtet.

Oho! Dann sei sie es ja vielleicht gewesen, die im Sihlfeld Hanfpflanzen ausgesät habe?

Darüber habe sie auch gelesen, es amüsiere sie, dass nun die Friedhofsgärtner wegen eines Hinweises aus der Öffentlichkeit die Pflanzen entfernen müssten, auch wenn sie die vorgefundenen Hanfpflanzen als vollkommen harmlos taxierten.

Auf dem Friedhof, sagt Lorin, bin ich wieder den beiden Katzen begegnet, der getigerten und der grau-weißen. Ich glaube sie wohnen hier. Katzen, heißt es, seien die sichtbare Seele des Zuhauses, in dem Fall wohl des Friedhofs.

Das stammt von Cocteau, nicht?

Würde zu ihm passen. Die Katzen gingen nebeneinander her wie ein altes Paar. Die waren mir nicht unheimlich.

Sie sind wie wir.

Philemon und Baucis.

Eiche und Linde.

In unserem Fall umgekehrt, sagt Lorin. Du die Eiche, ich die Linde.

Eine Linde und eine Eiche werde ich pflanzen, damit wir darunter einst unsere Asche verstreuen lassen können und unsere Äste sich im Wind berühren.

In mythischen Zeiten waren die Götter den Menschen nahe, sie zeugten mit ihnen Nachkommen, Halbgötter, Heroen. Danach blieben sie fern, wurden von niemandem mehr gesehen. Es gebe sie wohl noch irgendwo, aber sie hätten das Interesse an den Menschen verloren, sagten Philosophen, daher spielten sie für die Menschen keine Rolle mehr. Sie kommen nicht mehr zu Besuch, erfüllen keine Wünsche mehr, bestrafen nicht, belohnen nicht.

Gott ist tot, hieß es später.

Gott ist die Natur.

Gott ist alles.

Wie auch immer, auf jeden Fall sind die Menschen seither auf sich gestellt. Fluch und Segen.

Wir müssen uns also selber helfen, da es keine Götter mehr gibt, keinen Göttervater Zeus, keinen Göttersohn Hermes, keine göttlichen Reisen auf Erden, keine göttliche Einkehr bei Sterblichen, keine göttlichen Geschenke wie damals für Philemon und Baucis, das gastfreundliche Paar.

Ob man wohl bemerken würde, dass es sich bei den Gästen um Götter handelt?

Aber sicher. Wenn sich der leere Krug ganz von selbst stets von neuem mit Wein füllt, dann sind immer Götter im Spiel.

Die Katzen fragen, woher sie stammten, sich mit Friedrich Erismann über Dostojewskij unterhalten … Verrückte Gedanken, aber sie waren nicht seinem Hirn entsprungen.

Ilana. Ob er sich ihretwegen Sorgen machen sollte? Noch vor kurzem war sie über seine Zustände äußerst beunruhigt, hatte ihn beobachtet, ihn gedrängt, den Neurologen aufzusuchen. An die Phänomene im Dreamy State hat er sich längst gewöhnt, er möchte sie nicht mehr missen, wenn Ilana sich aber immer mehr in diese Welt hineinlebt, die ja nicht ihrem Erleben entspringt, wenn sie sich verhält, als existierten die Personen aus seinen Traumzuständen wirklich, war dann nicht sie viel mehr in Gefahr als er? Und dann dieser Traum mit der Katze und dem Buch …

Dennoch, oder vielleicht gerade deshalb, hat er ihr den Wunsch nicht abschlagen wollen; gemeinsam sind sie durch den Friedhof gestreift, haben nach den Katzen gesucht, die sich aber nicht haben blicken lassen.

Katzen seien eben eigenwillige Tiere, ließen sich zu nichts zwingen, kämen nur dann, wenn es ihnen passe. Anhänglich seien sie zuweilen, sprängen einem auf den Schoß, wollten gestreichelt werden, aber wehe, man versuche sie festzuhalten. Bestenfalls flüchteten sie, andernfalls setze es Kratzer und Beißwunden ab.

Festhalten sei eine schlechte Idee, nicht nur bei Katzen.

Ob er an die Suslowa Schwestern denke.

Ja, an sie ganz besonders, aber es gelte doch auch ganz allgemein. Binsenwahrheit.

Katzenwahrheit.

Ohne Absprache lenken sie die Schritte Richtung Sektor D, werden am Ende der Kastanienallee von den Sphingen am Eingang zum Krematorium prüfend in Empfang genommen. Stille. Keine der beiden Wächterinnen stellt ihnen eine Frage, Großkatzen, unberechenbar auch mit Frauenkopf. Lorin und Ilana betreten den Arkadengang, bleiben kurz vor der Gedenkplatte der Familie Heim stehen, besuchen schräg gegenüber Familie Erismann. Ein Grabdenkmal mit Reliefschmuck, eine üppig mit Blumen und Obst gefüllte Schale, umrankt von Pflanzen, darunter die Lebensdaten von Professor Dr. med. Friedrich Erismann, Stadtrat, seiner Frau Dr. med. Sophie Erismann, geb. Hasse, und der Tochter Dr. med. Wera Erismann.

Lebensfroher als das Relief mit den beiden gestrengen Adlern bei Familie Heim, die Urne mit der emporlodernden Flamme zwischen den Adlern komme ihr vor wie eine Werbung für das Krematorium.

Lorin stimmt lachend zu. Marie und Albert Heim hätten sich eben beide engagiert im Zürcher Feuerbestattungsverein, genau wie Bürkli, die Kremation in Zürich sei erst auf Privatinitiative dieses Vereins möglich geworden, man habe darum kämpfen müssen.

Es mochte damals ein wichtiger Vorstoß gewesen sein, etwas unerhört Neues für Zürich, und der Architekt habe sich bestimmt redlich bemüht, Formen zu finden, die sich nicht an konfessionell gebundene Traditionen anlehnten, doch ihr sei die gesamte Anlage allzu bombastisch. Ilana schüttelt den Kopf. Der erste Krematoriumsbau drüben im alten Teil gefalle ihr wesentlich besser. Ein kleines, schlichtes römisches Tempelchen, zumindest in Form eines Zitats.

Lorin wendet sich zum Gehen, im Wandelgang weist im Augenblick gar nichts auf einen besonderen Zustand.

Sie habe sich vorgenommen, eine Runde durch den Park zu drehen, wolle nachsehen, ob die Hanfpflanzen schon ausgerissen seien, und vielleicht treffe sie ja auch noch auf die Katzen.

Lorin zieht es vor, auf einer Bank auf sie zu warten. Er habe genügend Lesestoff. Ilana scheint es recht zu sein. Will sie ihn absichtlich hier allein lassen, in der Hoffnung, es möge sich für ihn eine Begegnung in seiner eigenen Welt ergeben? Oder ist sie auf der Suche nach dem Grabmal und der Katze aus ihrem Traum …

Nachmittag. Sitzbank im Halbschatten. Kaum Leute. Vogelgezwitscher. Ameisen, ruhelos beschäftigt wie immer. Ob die Tiere ihn in Ruhe lassen werden? Bloß nicht provozieren, nicht zu penetrant um sich schauen, keine Aufmerksamkeit erregen, keine Signale geben, die sie anlocken könnten.

Er holt das Buch aus dem Rucksack, einen schmalen Band. Dostojewskij. Der Spieler. Showdown. Die Babuschka wieder nach Moskau abgereist. Lorin hatte kaum mehr gewagt zu atmen, während die alte Dame beim Roulette ihr ganzes Geld verspielte. Vorbei. Die Hoffnungen der ganzen Familie samt Anhang zunichte.

Seit der Begegnung mit Erismann, bei der dieser dem jungen Heim von den Suslowa Schwestern berichtete, befasst Lorin sich wieder mit Dostojewskij. Wahllos hatte er sich zunächst *Verbrechen und Strafe* vorgenommen, diesmal in der Übersetzung von Swetlana Geier, als Nächstes war der *Idiot* dran, dann die gesammelten Briefe Dostojewskijs, zwei Bände. Bei den Briefen hatte er sich zum Weiterlesen zwingen müssen, die Lektüre anstrengend, geradezu eine physische Zumutung, als müsste man den arroganten, stets klagenden, fordernden Schriftsteller in den eigenen vier

Wänden neben sich ertragen, ihn füttern wie ein Kind, mit Wertschätzung nähren – nein, das würde ihm längst nicht genügen, mit Anerkennung seines Genies –, ihn laben mit nie versiegendem Lob, ihn bemitleiden wegen all der widerlichen Umstände, mit denen er unablässig konfrontiert ist, ihn ganz ins Zentrum jeder Aufmerksamkeit rücken, ihn selbstverständlich mit finanziellen Mitteln alimentieren, Geld, Geld, Geld, das er ausgibt, lange bevor er es hat, vor allem beim Roulette.

Wie anders doch seine Romane …

Nach den Briefen hatte Lorin beschlossen, *den Spieler* noch einmal zu lesen, er wollte überprüfen, ob der Protagonist ihm nicht doch auf die Nerven ginge wie sein Schöpfer, dessen Argumentationen ihm nun durch die Lektüre der Briefe sattsam bekannt. Immerhin steckte in der Figur des Spielers viel Autobiografisches, war doch Dostojewskij selber jahrelang hochgradig spielsüchtig.

Wenige Sekunden nur und Lorin erliegt wie immer dem Sog der Geschichte, lebt in der Welt des Spielers, fiebert mit Alexej Iwanowitsch am Spieltisch, hofft wider besseren Wissens auf einen guten Ausgang, leidet mit ihm unter seiner unerfüllbaren Liebessehnsucht zu Polina Alexandrowna, die ihm so gar keine Beachtung schenkt. Alles würde er für sie tun, sich vom Schlangenberg stürzen, sich duellieren für ihre Würde, einen Menschen töten, wenn sie es verlangte, alles, ihr Sklave will er sein, leiden für sie, selbst von ihr gequält zu werden, ist süßer Schmerz.

Fantasie, Drama, Selbstinszenierung, sagt eine weibliche Stimme. Doch wehe, die Angebetete sitzt höchst real in seinem Zimmer, wartet auf ihn, zum Greifen nahe. Was wird er tun, der Hauslehrer Alexej Iwanowitsch? Ins Kasino fliehen. Unter tausend Ausflüchten. Fiebrig. Das Spiel ist seine Geliebte.

Es ist Polina Alexandrowna, die so spricht, Lorin sieht sie vor sich, an eine Birke gelehnt, helles Kleid, zweiteilig, ihr Haar in der Mitte gescheitelt, dicke Zöpfe locker nach hinten gesteckt zu einer kunstvollen Frisur. Über ihrer Schulter ein weißes Sonnenschirmchen mit gewelltem Rand, das sie mutwillig zwischen ihren Fingern zwirbelnd in Drehung versetzt. Weiße Blüten im rotbraunen Haar, Duftstrom, spielerisches Fluidum … Nicht zu ihm spricht sie, nein, zu einer anderen Frau, ihr zum Verwechseln ähnlich.

Wem sagen Sie das, antwortet die zweite, ihre Stimme dunkel, um den Mund ein bitterer Zug, ich habe denselben Schmerz durchlebt wie Sie. Fjodor Michailowitsch Dostojewskij hatte sich mit mir in Paris verabredet, er könne es nicht erwarten, mich zu sehen … Nun denn, seit Frühling war ich dort, wartete auf ihn, wartete und wartete. Ende August endlich kündigte er mir seine Ankunft an, er habe sich verspätet, in Wiesbaden einen Zwischenhalt eingelegt, dort in wenigen Tagen sein ganzes Stipendium verspielt, das Geld, das er für unsere Italienreise verwenden wollte. Ja, das Spiel war seine eigentliche Geliebte, Sie haben es treffend gesagt.

Mit weit geöffneten Augen starrt Polina Alexandrowna ins Gesicht ihrer Gesprächspartnerin.

Zweifel hatte ich freilich nicht erst nach seiner Ankunft, fährt diese fort, in Paris hatte ich genügend Zeit über alles nachzudenken, über ihn, über mich, hatte endlich einen Entschluss gefasst, ihm einen Brief geschrieben, ihn darum gebeten nicht zu kommen, auch, weil ich zuvor einen Spanier kennengelernt hatte, nichts Ernsthaftes, wie ich bald merkte, aber ein Gradmesser für meine Gefühlslage war es allemal. Er komme ein bisschen spät, hatte ich Dostojewskij geschrieben. Natürlich erschien er ungeachtet meiner Bitte dennoch in Paris, wie Sie sich denken können, angeblich hatte er meinen Brief nicht rechtzeitig erhalten, zeigte sich höchst beleidigt über meine Zweifel. Darum beschwöre ich Sie, Polina, grämen Sie sich nicht. Wenn Ihr Alexej Sie schlecht behandelt, Sie beschimpft als kalte, grausame Frau, die dämonischen Gefallen daran findet, einen armen Hauslehrer wie ihn zu quälen, so bin damit eigentlich ich gemeint, Apollinaria Prokofjewna Suslowa.

Wie kommt das, Apollinaria Prokofjewna? Kennen Sie denn Alexej Iwanowitsch? Hat er etwa mich dafür büßen lassen, dass Sie zuvor seine Liebe abgewiesen? Wissen Sie, er gab mir stets das Gefühl, dass ich eigentlich gar kein Recht hätte, ihn nicht zu lieben, wenn er mich doch liebe. Als hätte ich kein Eigenleben … Seine Liebe nicht zu erwidern, war für ihn an sich eine seelische Grausamkeit, die er meinem Charakter zuschrieb, nicht etwa dem Schicksal oder gar seinem eigenen Verhalten.

Suslowa seufzt. Ich habe Alexej Iwanowitsch nicht persönlich gekannt, nur in einem Roman über ihn gelesen. Der Spieler. Aber Dostojewskij habe ich gekannt, noch bevor er den Spieler geschrieben hat. Im Roman hat er seine Spielsucht und die Beziehung zu mir literarisch zum Thema gemacht, verstehen Sie? Das war Ihre Geburtsstunde, Polina, und gleichzeitig auch die Geburtsstunde Alexejs. Polja nannte er mich in seinen Briefen, Polina oder Apollinaria, wenn er mich tadelte, sehen Sie, er hat nicht einmal versucht, die Spur zu verwischen. PA für Sie, AP für mich, dieselben Initialen.

Staunend betrachtet Polina Alexandrowna ihr Ebenbild, von enigmatischer Schönheit, diese Frau, lebhafte Augen, forschender Blick, nur wenig älter als sie, gleiche Haarfarbe, ähnlich frisiert, eine Nuance strenger vielleicht, dunkler Rock, weiße Bluse mit Rüschenbesatz. Glauben Sie wirklich, Apollinaria Prokofjewna …

Suslowa nickt, in gewissem Sinne bin ich für Ihr Unglück verantwortlich, wenngleich ich präzisieren muss, dass Dostojewskij mich äußerst verzerrt wahrgenommen hat, was leider zwangsläufig auf Sie abgefärbt hat.

Sogar an Alexejs Spielsucht soll ich schuld sein. Verzweifelte Liebe zu mir soll ihn ins Kasino getrieben haben.

Dostojewskij hat sich immer gern als Opfer gesehen, ein Zug, der auch bei Alexej eingeflossen ist, Opfer von leidenschaftlichen Menschen, von denen er sich unwillkürlich angezogen, dann aber sehr schnell manipuliert fühlte. Sein Unglück, denn all die leidenschaftlichen Menschen, die ihn faszinierten, waren nicht bereit sich ihm zu unterwerfen, darum haben so viele junge, radikal modern denkende Frauen seine Heiratsanträge abgelehnt, ich war nur eine von vielen, die er innerhalb weniger Monate angefragt hat. Keine von uns hatte Lust, die uns zugedachte Rolle zu spielen: das unschuldige, fromme Mädchen, die Verkörperung der russischen Seele, bereit zu dulden, sich dem Schicksal, seine Spielsucht inbegriffen, zu unterwerfen, geduldig zu warten ohne den geringsten Zweifel, in Gott vertrauend, um ihn durch ihr unerschütterliches, reines Wesen zu erlösen.

Polina Alexandrowna löst sich vom Birkenstamm und klappt energisch den Sonnenschirm zu. Alexej Iwanowitsch hat sich aber nie so gegeben, als ob er sich erlösen lassen wollte, ich hatte vielmehr den Eindruck, dass er es aktiv provozierte, gedemütigt zu werden, mein Sklave wollte er sein, sich auf mein Wort hin vom Schlangenberg stürzen, alles aus einer unerfüllten Liebessehnsucht heraus, wie er erklärte. Aber dann, als ich zu ihm kam … Alles leere Versprechungen.

Vergessen Sie nicht, Sie sind ein komplexes Wesen, geschaffen als mein Ebenbild, aber Sie sind nicht einfach eine Suslowa, denn Sie durchlaufen mehrere Stufen von Verzerrungen, zum einen durch Dostojewskijs tendenziöse Wahrnehmung meiner Person, dann auch, weil Sie vornehmlich aus der Perspektive Alexejs beschrieben werden, der Ihnen eine weitere Färbung verpasst, die sich wiederum geringfügig von Dostojewskijs Erleben unterscheidet. Und außerdem ist zu berücksichtigen: Dostojewskij zielte darauf ab, seinen Roman so zu verfassen, dass er damit Erfolg haben sollte.

So hat er Sie und mich dazu benutzt, einen literarischen Erfolg zu landen, um sich damit Geld zu verschaffen.

Das er dann bestimmt wieder beim Roulette verspielte, sagt Suslowa bitter auflachend.

Sie wüsste zu gerne, was letztendlich aus Alexej Iwanowitsch geworden sei, ob sie denn auch über sein weiteres Schicksal gehört habe, will Polina wissen.

Wie sehr Alexejs Wohlergehen ihr nahe geht … Lorin springt auf, nähert sich den Damen in der Absicht, ihnen Nachricht über den neuesten Stand der Dinge zu bringen, das triste Dasein Alexejs in Paris an der Seite von Mademoiselle Blanche, die ihn ausnimmt, bis er verarmt ist, doch Suslowa runzelt irritiert die Stirn, fasst Polina Alexandrowna am Arm und zieht sie weg. Die beiden verschwinden zwischen den Bäumen, das Letzte, was Lorin mitbekommt, ist ein missbilligender Blick Suslowas, die Falte über ihrer Nase.

Eine Frau geht vorüber, mustert ihn argwöhnisch. Nach wenigen Metern blickt sie sich noch einmal um. Lorin hat sich wieder auf seine Bank gesetzt.

Hat er mit seinem Aufspringen die beiden verscheucht? Oder haben sie die argwöhnische Frau kommen sehen? Lorin greift nach dem Buch. Die Geschichte nähert sich dem Ende, auch auf den letzten Seiten keine Rettung, nicht einmal, als der Spieler erfährt, dass Polina Alexandrowna ihn wirklich liebt, vermag ihn das dem Strudel zu entreißen, in den er immer tiefer geraten ist, keine Erlösung, der Spieler gelobt Besserung, will wieder ein Mensch werden, er wird aufhören zu spielen, gleich morgen. Heute aber, da will er das Schicksal herausfordern, seine Chance packen …

Lorin lässt das Buch sinken. Bis zur letzten Zeile hat ihn die Lektüre gepackt, mit jedem einzelnen Mitglied dieser grotesken Familie samt Tross hat er sich angefreundet, außer vielleicht mit de Grieux, zu tief der Hass und die Verachtung, die der Schriftsteller dem Franzosen entgegenbringt, den Franzosen ganz allgemein, die er mit Herablassung straft, weil alle Welt sie bewundert. Die Franzosen. Die Russen dagegen … Man kennt es aus seinen Briefen.

Im Roman eingebettet liest sich diese Verachtung als überhebliche Haltung eines Scheiternden, der krampfhaft versucht, Würde zu bewahren. Aus Dostojewskijs Briefen aber strömt die moralische Verurteilung der Franzosen, der Deutschen, des Westens ungebrochen, ein penetrantes Giftgas, das Wortgemisch arrogant, undifferenziert, zwanghaft. Selbst Paris kann der Schriftsteller nichts abgewinnen: eine todlangweilige Stadt, so sein Urteil. Die arbeitsamen Deutschen unter aller Kritik, nicht einmal mehr Essen servierten sie ihm im Hotel, beschwert er sich in einem Brief an Suslowa, einzig Tee ließen sie ihm aufs Zimmer bringen, Bedienstete, die ihm Kleidung und Stiefel reinigten, würden auch keine mehr auf sein Zimmer geschickt. Ignoriert werde er, nur weil er kein Geld habe die Hotelrechnung zu bezahlen. Welch schäbiger Charakter, diese Deutschen, wie weit unterlegen dem russischen Wesen, der russischen Seele … Am russischen Wesen soll die Welt genesen.

Na, na! Ob er das wirklich so schreibe in seinen Briefen? Er solle es mal nicht übertreiben, sagt Apollinaria Prokofjewna Suslowa mit ernstem Gesicht, diesen letzten Satz habe Dostojewskij ihr jedenfalls nie geschrieben, den Rest allerdings schon. Sie lehnt sich an die Birke, jünger nun, weichere Gesichtszüge, der Blick leicht verträumt, die Haare in der Mitte gescheitelt, hinter den Ohren zwei weich geflochtene Doppelzöpfe locker zusammengenommen, ihr luftiges Kleid ganz in Weiß. Licht flimmert in ihren Haaren, eine zauberhafte Gestalt im Gegenlicht.

Lorin muss sich beherrschen, ein unwiderstehlicher Drang bemächtigt sich seiner sie fotografisch festzuhalten, wenn er jetzt ganz schnell … Er lässt das Gerät zurück in die Tasche gleiten. Bestimmt würde er sie damit zum Verschwinden bringen, sie verscheuchen wie eine Katze. Sichtbare Seelen des Zuhauses, aber einfangen lassen sie sich nicht …

Nun, sagt Lorin, etwas beschämt über seinen Eifer, nicht in diesen Worten, zugegeben, aber eine pathetische Überhöhung alles Russischen sei nicht zu leugnen, Europa könne in den Augen des Dichters nur durch das russische Wesen und den starken Glauben, wie ihn die orthodoxe Kirche pflege, erlöst werden.

Eigenartig, als sie jung gewesen, hätten sie Dostojewskij verehrt – seine Begeisterung für den Frühsozialismus, die Teilnahme an den Treffen des revolutionären Petraschewski-Zirkels, Festnahme, Lagerhaft in Sibirien, das alles habe eine ganze Generation junger Menschen inspiriert. Sie hätten so viel Hoffnung in ihn gesetzt. Dann, nach seiner Rückkehr nach Sankt Petersburg, sei er ein anderer Mensch gewesen. Streng gläubig, abgewandt von fortschrittlichen Kräften und

Bewegungen, rückwärts blickend in die Frühzeit alles Russischen, im heftigen Streit mit sämtlichen Schriftstellern, die sich nach Westen öffneten. Als ich mich in ihn verliebte, kannte ich ihn nicht, ich verliebte mich in den vorsibirischen Dostojewskij, den ich aus seinem Frühwerk zu kennen glaubte, den es längst nicht mehr gab. Er förderte mich in meinen ersten schriftstellerischen Versuchen, auch er kannte mich nicht, sah in mir ein Ideal, das er bewunderte, das zu formen er sich vornahm, reagierte aber hochgradig gekränkt auf die geringste eigenständige Regung meinerseits.

Er habe Dostojewskijs Brief gelesen, den er ihrer Schwester Nadeschda habe zukommen lassen.

Oh, dann wisse er ja, wie bitter er sich über sie beklagt habe, und das offenbar für die breite Öffentlichkeit und für alle Zeiten … Eine große Egoistin habe er sie genannt, mit kolossaler Eigenliebe. Unter Liebe hätten sie wohl etwas vollkommen anderes verstanden, ihm sei es um Leid und Schmerz gegangen, die notwendigen Opfer, um ein besserer Mensch zu werden. Die Emanzipation der Frau habe er zwar theoretisch unterstützt, sie aber nicht als zeitgemäß eingestuft, schon gar nicht, wenn es seine eigenen Beziehungen betroffen hätte. Diese Frage könne erst in einem Goldenen Zeitalter gelöst werden, die jetzige Gesellschaft sei noch nicht reif dafür. Zunächst gehe es darum, die Entwicklung der christlichen Nächstenliebe voranzutreiben, damit einher erst könne die Emanzipation der Frau kommen, von selbst, ganz ohne besondere Konzepte oder Utopien.

Da seien allerdings sehr gegensätzliche Weltanschauungen aufeinandergeprallt.

Ihre gegenseitige Liebe … von Anfang an ein großes Missverständnis, das habe Dostojewskij in seinen lichten Momenten auch eingesehen. Dennoch … Bis zum Lebensende sei sie ihm verbunden geblieben.

Vielleicht habe sie ihn ja doch geliebt?

Eine zwiespältige Liebe, sie hätten sich aus der Ferne geliebt, ein jeder habe im anderen etwas gesehen, was er nicht gewesen sei, im tagtäglichen Zusammensein aber hätten sie nur gestritten. Den Zwiespalt in ihren Gefühlen zu ihm habe er missdeutet als Lust ihn zu quälen.

Er habe es wohl nicht akzeptieren können, abgewiesen zu werden.

Suslowas Lippen kräuseln sich zu einem angedeuteten Lächeln, sie schaut in die Ferne, scheint einzutauchen in eine Erinnerung. Die Russen hätten niemals den Rücktritt angetreten, sagt sie nach längerem Schweigen, das habe er ihr allen Ernstes gesagt, als er eines Nachts nicht zum Ziel seiner Leidenschaft gekommen sei und sie ihn gebeten habe, sich in sein eigenes Hotelzimmer zurückzuziehen, er habe das als unerträgliche Erniedrigung empfunden. Sagen Sie mir, mein Herr, wie soll man unter solchen Voraussetzungen ein Leben in Gleichheit leben? Als würde meine Existenz sich darauf beschränken, für ihn da zu sein, damit er mich lieben kann, wenn er sich nun mal verliebt hat in mich. Aber Liebe kann man doch nicht einfach abverlangen … Hochmütige Gleichgültigkeit nannte er das, was für mich Eigenleben war.

Nicht an sein Ziel zu kommen, bedeutete für ihn vermutlich, dass er sich Ihnen beugen muss, und dass Sie damit die Herrschaft über ihn ausüben würden.

Bei ihm zu bleiben, wäre die Hölle gewesen. Wir hätten uns aufgerieben, beide, Dostojewskij brauche eine ganz andere Frau, das hat ihm schon Anna Korwin Krukowskaja gesagt, als Dostojewskij sich um sie bewarb. Nach dem Tod seiner ersten Frau, übrigens auch eine Liebe, die nur funktionierte, solange die Beziehung im Sehnsuchtsstadium einer unerfüllbaren Liebe frei wie ein Luftballon schweben konnte, hat er fiebrig mehreren Frauen Heiratsanträge gemacht, modern denkenden Frauen, alle gegen zwanzig Jahre jünger als er. Anna Snitkina, seine zweite Frau, hat da schon sehr viel besser zu ihm gepasst; wenngleich auch sie eine moderne Frau, gut ausgebildet, klug, selbstständig, lebenstüchtig, so ist sie in der Frauenfrage dennoch traditionell geblieben, hat sich ihm unterworfen und ihn letztendlich, nach vielen qualvollen Jahren, tatsächlich erlöst von seiner Sucht. Wissen Sie, wie die beiden sich kennenlernten?

Lorin nickt, sie war die Stenografin, der er verdankte, dass er den Spieler gerade noch rechtzeitig seinem Verleger abgeben konnte, nicht wahr?

Eine Geschichte für sich, sagt Suslowa, hätte auch Stoff abgegeben für einen Roman. Aber nein, er musste unsere Beziehung zum Thema machen, ziemlich verzerrt zwar, aber letztlich war der Roman doch immerhin recht erfolgreich. In einem Punkt muss ich ihm allerdings recht geben, Ihnen kann ich es ja sagen, er prognostizierte mir, wenn auch in hässlichen Worten, ich würde in einer Liebesbeziehung nie glücklich werden. Er hat recht behalten, wenngleich aus anderen Gründen als den von ihm angeführten. Ich habe in meinem Leben einiges zustande gebracht, wie viele andere aus der Narodniki Bewegung habe ich mich für die einfachen Menschen auf dem Land eingesetzt, dafür gesorgt, dass die Kinder eine anständige Bildung erhalten, vor allem Mädchen, aber in meinen Liebesbeziehungen bin ich stets gescheitert. Mann und Frau seien nicht gleich, hatte Dostojewskij mir einst gesagt, die Frau gebe, der Mann nehme. Sagen Sie mir, kann man unter solchen Bedingungen eine glückliche Liebesbeziehung leben?

Lorin schüttelt den Kopf. Kaum, jedenfalls nicht mit einer Eiche, Sie müssen wissen, ich liebe eine Eiche und lebe mit ihr glücklich seit vielen Jahren.

Haben Sie Fieber, oder ist es gar etwas Schlimmeres? Lassen Sie mich meine Schwester holen, vielleicht kann sie Ihnen helfen, sie ist Ärztin.

Bemühen Sie sich nicht, Ihre Schwester Nadeschda ist ohnehin nicht hier, aber ihr früherer Mann, Friedrich Erismann, ist hier und dessen erste Verlobte, die Sie bestimmt auch kennen, Marie Heim-Vögtlin; fähige Mediziner, sogar Psychiaterinnen sind vor Ort, aber machen Sie sich keine Sorgen, ich brauche keinen Arzt …

Apollinaria Prokofjewna Suslowa schüttelt ratlos den Kopf, verschwindet zwischen den Bäumen, Lorin hört sie noch vor sich hin murmeln. Ein gefährlicher Mensch, der sie womöglich in Verwirrung stürzen wolle …

Lorin vermeint vage, die Gestalt von Polina Alexandrowna zu erkennen, ihr aufgespanntes Sonnenschirmchen, hört beruhigende Worte, zum Glück ist Suslowa in guter Begleitung, sie würde sonst wohl an ihrem eigenen Verstand zweifeln.

13 Feigen

Was denn mit den Feigen sei, will Lorin wissen, nachdem er das Fruchtgemälde einer eingehenden Betrachtung gewürdigt. Kurz nur war der Auftritt der Feigen, an ihrer Stelle türmen sich nun wieder Heidelbeeren.

Die Feigen bestrafe das Leben, kommt es munter aus der Küche, besonders wenn sie es auch noch an Geschmack fehlen ließen und an Eigencharakter.

Zuweilen bestrafe das Leben auch die Mutigen, sagt Lorin und denkt an Suslowa, sogar wenn sie herbsüß schmeckten und einen ausgeprägten Eigencharakter aufwiesen.

Wem bist du denn gestern begegnet auf dem Sihlfeld, du warst auf dem Weg nach Hause ausgesprochen wortkarg.

Einer bittersüßen Schönheit in mehrfacher Version, im Nachhinein kompliziert, es in Worte zu fassen, wie immer kam es mir ganz selbstverständlich vor, als mir die Begegnung zufiel, jetzt aber, wenn ich dir darüber erzählen will, sind zwar Einzelheiten da, aber es kommt mir ziemlich fremd vor, dass ich mich den Damen so aufgedrängt habe.

Gleich mehreren bist du begegnet?

Einer Dreifaltigkeit. Drei Personen – Frau, Mädchen, Geist – und doch eines Wesens mit der Frau.

Eine weibliche Version der christlichen Trinität? Dem Zeitgeist entsprechend? Mit Filiaque Streit?

Ausgerechnet ich, sagt Lorin und lacht.

Eine antike Triade? Hekate, Demeter, Persephone vielleicht? Die Moiren? Parzen? Matronen? Nornen?

Schon eher, aber auch nicht wirklich.

Die Suslowa in drei Ausführungen?

Wie sie darauf komme …

Sie habe ihn bei der Rückkehr von ihrer Gärtnertour mit ihr sprechen hören, aufgeregt sei er von der Bank aufgesprungen, habe lebhaft gestikuliert, sich dann wieder auf die Bank gesetzt, gelesen, soweit sie gesehen habe, um dann später erneut zu sprechen.

Ob sie denn nur ihn gehört habe oder auch die Suslowa.

Nur ihn, aber aus dem Kontext sei klar geworden, dass er sich an Dostojewskijs Geliebte Apollinaria gerichtet habe, der Name Dostojewskij sei mehrfach gefallen. Lorin so ins Geschehen verwickelt, dass er sie gar nicht bemerkt habe, erst viel später, nach langem Schweigen, sei er auf sie aufmerksam geworden. Auf dem Heimweg habe er ziemlich groggy gewirkt, kaum gesprochen.

Ja, er sei erschöpft gewesen, vielleicht auch etwas wirr. Sogar die Suslowa habe sich erschreckt über seinen Zustand.

Etwas eifersüchtig sei sie schon.

Auf die Suslowa?

Die herbsüße Schönheit? Nein, vorläufig nicht, aber neidisch auf seine Begabung für solche Begegnungen. Wobei man ja nie wisse, wohin so lebhafte Erlebnisse sich noch entwickeln könnten, vielleicht habe sie dann tatsächlich Grund zu Eifersucht … Wer denn die anderen Frauen gewesen seien in dieser mysteriösen Triade.

Zunächst habe ich ein Gespräch zwischen Suslowa und Polina Alexandrowna belauscht, als ich mich daran beteiligen wollte, ließ die Suslowa das nicht zu. Die beiden haben sich eilig entfernt. Später ist Suslowa allein noch einmal zurückgekehrt, da war sie allerdings um eine Generation jünger, weicher, verletzlicher. Eine faszinierende Frau, man kann verstehen, dass Dostojewskij sich von ihr angezogen fühlte.

Ob ihm denn bei der Begegnung präsent gewesen sei, dass Polina Alexandrowna sozusagen aus dem Roman entsprungen sei.

Theoretisch habe er es gewusst, es sei ja explizit darüber gesprochen worden, aber sie habe sich ebenso lebendig angefühlt wie Suslowa oder wie er selbst. Die ältere, erfahrene Suslowa, die nach ihr geschaffene Romanfigur und die jüngere Suslowa hätten eine Einheit gebildet, wobei jede eine eigene Person gewesen sei, aber dennoch von einer Substanz.

In welchem Verhältnis er denn zu ihnen gestanden habe.

In einem ganz normalen, Menschen, die sich begegnen, ins Gespräch kommen, alle ganz einfach da, kein Unterschied, ich habe drei Frauen kennengelernt, mit denen mich etwas verbunden hat, da ich schon viel von ihnen gehört habe, deshalb ist es auch nicht zutreffend, von neuen Bekanntschaften zu sprechen, denn ich war ja auch der Leser, der um alle Verhältnisse weiß … Unmöglich, es befriedigend zu erklären, gestern alles ganz einfach und selbstverständlich, heute vielschichtig komplex.

Suche nicht nach Erklärungen, es ist, wie es ist, und ich sehe es als großen Reichtum, bedaure nur, dass das alles da war und ich es nicht sehen und erleben konnte.

Polina Alexandrowna schien mir sehr aufgewühlt, fühlte sich von ihrem Alexej nicht richtig eingeschätzt. Er werfe ihr vor, Vergnügen daran zu finden ihn zu quälen. Suslowa, in ihrem Aspekt als die Ältere, Erfahrenere, hat behutsam versucht, sie zu entlasten, ihr die komplexen Zusammenhänge nahezubringen. Dass sie eine von Suslowa inspirierte Romanfigur sei, geschaffen von Dostojewskij, hergerichtet für einen erfolgreichen Roman, hat in der Wertigkeit überhaupt keine Rolle gespielt, auch ich war nicht etwas anderes als sie.

Lorin eine Romanfigur.

Im Gespräch mit einer Romanfigur und mit zwei

Versionen des Vorbildes dieser Romanfigur.

Vielleicht, sagt Ilana leise, bin ich ja auch nur eine Romanfigur.

Ich erhebe Einspruch gegen das *Nur*.

Warum, wenn doch alles gleichwertig?

Eben darum. Er dulde keine Schmälerung seines Glücks, des Glücks, das er mit seiner Eiche erlebe, ein solches Glück hätten alle drei Frauen nicht erlebt, und ob es Dostojewskij je widerfahren sei, wage er zu bezweifeln. Zwar habe die zweite Frau ihn nach bitteren Jahren des Elends aus der Spielsucht herausgerissen, Ordnung in sein Leben und die Finanzen gebracht, an sich ein Glück für ihn, aber ob er sich glücklich gefühlt habe …

Schwer vorstellbar.

Möglich, dass er gar nicht danach gesucht, höchstens sich danach gesehnt, im Vagen, Unerfüllbaren, tatsächlich aber nach anderem gestrebt habe.

Glück sei vielleicht auch Zufall.

Zufall von Konstellationen, von gesellschaftlichen Umständen, Rahmenbedingungen, er sei froh, ein Spätgeborener zu sein. Wer weiß, wie er gewesen wäre, damals, ob er fähig gewesen wäre, mit einer Eiche zu leben, groß, furchtlos, eigenständig.

Sie wolle es gar nicht wissen, es sei ihr auch sehr recht, ihr Heute im Heute zu leben. Wer weiß, ob sie in früheren Zeiten eine Eiche gewesen wäre, womöglich auch ein Lorbeerbusch oder gar ein biegsames Schilfrohr.

Lorin zuckt zusammen. Ein Schilfrohr? Eine Syrinx … Syrinx, Nymphe, verfolgt von Pan, dem liebestollen … verwandelt in Schilfrohr.

Warum Schilfrohr, fragt Lorin nach einer ersten Schreckreaktion, fürchtet sich gleichzeitig vor jeder Antwort.

Sie wisse es nicht so recht, eine vage Assoziation an einen

Traum in der Nacht …

Lorin schweigt, wagt nicht weiterzufragen. Zu spät, zu spät, hämmert es in seinem Kopf.

Ihr habe geträumt, sie sei unterwegs, mitten in einer Schar von Frauen …

Zögernd Ilanas Erzählen, unterbrochen von Pausen, Abwarten, bis die Bilder sich einstellen …

Eine sonderbare Landschaft, einsam, gebirgig, wild. Wälder. Zeitlos.

Mythisch, denkt Lorin, schweigt.

Nicht erst jetzt beim Erzählen, sondern schon im Traum sei ihr alles fremd vorgekommen, die Landschaft, die Frauen, ihr eigenes Umherschweifen, aber es habe kein Zweifel bestanden: diese Frau bin ich und dieses Leben mein.

Aus dem Setzkasten, denkt Lorin, schweigt.

Plötzlich kam ein Lüftchen auf, dann ein Wind, ein unheimliches Brausen, das immer stärker wurde, da erst bemerkte ich, dass ich verfolgt werde … von einem Bienenschwarm, ich rannte, rannte, rannte, bis ich endlich schweißgebadet aufgewacht bin.

Eurydike, denkt Lorin, kann nicht mehr schweigen, fragt: War da kein Mann in deinem Traum?

Ilana streicht zärtlich über seine Hand. Eifersüchtig? In unserem Alter?

Liebeswahn zeitlos, stammelt Lorin. Götter Männer. Männer Götter. Götter alterslos …

Es war doch nur ein Traum.

Lorin birgt das Gesicht in seinen Händen.

Es war doch nur ein Traum, wiederholt Ilana beschwörend.

Das *Nur* ist die Illusion, nicht der Traum.

Es riecht nach warmem Brot. Ilana kehrt mit einem Tablett aus der Küche zurück, stellt Brot, Butter, Honigtöpfe und Kaffee auf den Tisch.

Lorin greift nach einem noch verschlossenen Honigglas ohne Etikett.

Ein neuer Honig? Woher?

Von Aris, einem Nachbarn aus dem gelben Nebenhaus. Honig aus der Türkei.

Der Traum. Bedrohung. Ilana verfolgt von einem Bienenschwarm.

Aris. Aristaios.

Hüte dich vor Imkern, dröhnt es in Lorins Kopf. Ob er die Warnung laut ausgesprochen hat, vermag er nicht zu sagen.

14 Götterdämmerung

Lange hat er darüber nachgedacht, in der Nachbarschaft recherchiert, Ovid gelesen. Im Nachbarhaus gibt es keinen neuen Nachbarn, keinen Bewohner namens Aris. Inzwischen ist sich Lorin sicher, dass der Nachbar, der Überbringer des Honigtopfs, der Imker, Aris, oder wie immer man ihn nennen will, eine Schöpfung aus Ilanas Setzkasten ist. Die Buchstaben, die sich allmählich zu einer alternativen Biografie zusammensetzen. Ilana wird von Aris verfolgt, der ihr nachstellt, noch nimmt sie es als Traumgeschehen wahr, so sagt sie zumindest. Wie lange noch? Weder er noch Ilana haben Kontrolle über das Geschehen, das sich abspielt, das weiß er wohl.

Auf seinem Spaziergang bemerkt er kaum, was um ihn herum geschieht. Wie immer setzt er sich auf die Bank bei den Boule Spielern, noch immer dieselbe eingeschworene Sechsergruppe, Lorins Augen folgen den Bällen, doch diesmal ohne jede Aufmerksamkeit für den Spielverlauf, seine Blicke leer. Der monotone Ruf der Türkentauben bleibt kraftloses Hintergrundgeräusch, unzulänglich ihn zu nerven. Irgendwann steht er auf, verlässt, ohne sich umzudrehen, den Park. Blindes Gehen über den Viadukt, gewohnheitsgelenkter Halt über der Großbaustelle. Die Kranosaurier fotografieren … Reflexartig. Doch dann endlich merkt Lorin auf, die Szenerie komplett verändert, registriert er beunruhigt, das Reich der Kranosaurier untergegangen, eine neue Epoche angebrochen. Wie lange schon? Was wird kommen? Neue Schrecken, Ungeahntes, Unerhörtes; die Kranosaurier grausam, gefräßig, furchtbar mit ihrem Kreischen, doch immerhin berechenbar.

Wolken der Bedrohung, schwarze, summende Wolken, Bienenschwärme über ihm und Ilana.

Gefahren überall.

Schutzlos ausgesetzt, kein Unterstand, der sie bergen könnte.

Eiche und Linde.

Auf dem Brückenteil über der Limmat, nahe beim Tanzhaus, begegnet ihm ein Jugendlicher in Badehose. Der Junge lehnt sich weit über das Geländer, antwortet einer Stimme, die vom unteren Bogen des Viadukts heraufdringt. Will er in die Limmat springen? Nein, er hält eine Spraydose in der Hand, stopft sie in einen kleinen Rucksack, flucht, dass er kein Seil dabei … Will er da etwa hinunterklettern? Und der andere, wie kam der auf den unteren Bogen? Gefahren überall. Soll er ihn aufhalten? Lorin zwingt sich weiterzugehen, seine Sinne nun ganz wach. Nein, der Junge würde sich nicht aufhalten lassen, so jung denn auch wieder nicht, und der andere hat es ja auch geschafft. Am Ende des Viadukts wagt Lorin einen Blick zurück, der Jugendliche nicht mehr am Geländer, ausgelassene Stimmen nun vom unteren Bogen. Geschafft. Nicht alle Gefahren tödlich.

Lorin blickt zum Himmel, wolkenlos nahezu, die Luft etwas diesig, der Herbst nicht mehr weit, obwohl die Temperaturen noch immer spätsommerlich. Nur noch wenige Schritte bis nach Hause, das Brot nicht vergessen …

Kein Entrinnen. Baracke der Bauarbeiter … Die Stimme des Bauleiters … Gedämpft nur. Zwingt Lorin zum Stehenbleiben. Kein gewöhnliches Gespräch.

Ziemlich viel Aufregung hier. Diesmal hat es den Alten erwischt …

Witze? Ich? Doch nicht bei dem Thema …

Was ich mir herausnehme? Sucht doch einen anderen für diesen elenden Job, wenn ihr nicht zufrieden seid. Mir soll's recht sein …

Die Stimme des Vorarbeiters gereizt, aufgebracht, ein Blick durch das Fenster bestätigt den Eindruck, mit energischen Schritten stapft er durch den Container, mit der einen Hand wild gestikulierend.

Das habe ich mir doch nicht aus den Fingern gesogen, so ein Typ mit Römerkragen, sehr höflich übrigens, hat es mir mitgeteilt, mit der Bitte ihn anzumelden …

Ja, über den üblichen Kanal …

Lorin schleicht sich näher an das Fenster heran, die Stimme des Vorarbeiters nun wieder leiser, als hätte man ihn zurechtgewiesen.

Nicht vorbereitet auf diesen Fall? Das ist euer Problem. Es hat sich schon seit langem angekündigt, seit sicher eineinhalb Jahrhunderten. Da hättet ihr doch längstens Zeit gehabt …

Nein, das weiß ich nicht. Jedenfalls ist er nicht friedlich dahingegangen, er wurde getötet …

Mord? Ja, man könnte es so nennen, aber nicht mit plötzlichen Dolchstichen von allen Seiten, sondern eher vergleichbar mit einer schleichenden Vergiftung über Jahre, Jahrzehnte, Jahrhunderte. Chronik eines angekündigten Mordes. Irgendwann rafft es auch den stärksten hinweg. Der Römerkragen hat selbst gesagt, sie hätten es immer wieder befürchtet, bei jedem Mal sei eine Rettung gerade noch ganz knapp möglich gewesen, doch das habe enorme Kräfte gekostet, kontinuierlich, und irgendwann einmal reiche es eben nicht mehr …

Reaktionen? Keine Ahnung. Den Alten werde es nicht überrascht haben, der habe damit gerechnet, meinte der Römerkragen, er habe sich auch nicht groß dagegen gewehrt, es seien mehr die Leute von der Schaltzentrale gewesen, vom Machtapparat, und die vom Geheimdienst, die hätten ein großes Theater darum gemacht und versucht, es zu verhindern. Ein Heer von Leibwächtern sei da beschäftigt worden. Vergeblich …

Auf jeden Fall ist es nun so weit …

Ihr könnt doch nicht mich fragen, was zu tun sei, es ist an euch vorbereitet zu sein, es gibt bestimmt Präzedenzfälle …

Keine Präzedenz? Sonderfall. Dann eben ähnlich gelagerte Fälle …

Ein Séparée. Allein? Nein, das finde ich keine gute Idee. Der war doch schon zuvor einsam, oder nicht? Was nützt ihm da eine Spezialabteilung. Dem wäre es vielleicht wohler mitten unter anderen …

Wieso kann man ihn nicht mit den gewöhnlichen Verstorbenen zusammenbringen …

Chaos …

Ah, ich verstehe. Geheimhaltung. Die verstorbenen Gläubigen würden verzweifeln, wenn sie erführen, dass es Gott nicht mehr gibt … Obwohl … es würde ihn ja noch immer geben, so wie es sie gibt als Verstorbene …

Verstehe, er soll etwas Besonderes bleiben. Ewig. Unsterblich. Unveränderlich …

Probleme auch bei den Ungläubigen, warum denn, sie sind doch nicht betroffen?

Aha …

Sie würden verzweifeln, dass es ihn offenbar dennoch gab, zwar nicht als ewig Unsterblichen, aber immerhin doch gab, als Sterblichen …

Unfrieden unter den Verstorbenen …

Krieg sogar? Religionskriege. Die schlimmsten aller Kriege. Krieg, das einzige Ewige …

Der Meinung bin ich auch …

Habt ihr denn keinen Spezialhimmel für solche Fälle?

Kulturgötter? Na prima. Warum ihn nicht in eine Gemeinschaft bringen mit anderen, denen Ähnliches widerfahren ist? Es muss doch schon viele geben, aus all den alten Kulturen …

Ach so, ja, die Olympier vielleicht nicht, die sind schon so zahlreich, dass sie Dichtestress fürchten … Aber wer weiß, vielleicht würden sie ihn aufnehmen, Griechen und Römer sind ja recht offen anderen gegenüber, auf jeden Fall die alten, und außerdem halten sie die Gastfreundschaft hoch, haben auch fremde Götter aufgenommen …

Nicht im Olymp?

Natürlich, der Platz auf dem Olymp ist begrenzt …

Dann halt andere, es gibt ja so viele im Lauf der Jahrhunderte. Wotan und seine Sippe, die haben doch auch ihre Götterdämmerung erlebt …

Dann eben Zarathustra. Oder lebt der noch?

Wenn ich das recht verstehe, so habt ihr Spezialhimmel für abgelegte Götter. Und es muss streng geheim bleiben, wer sich in diesen aufhält, um die gläubigen Verstorbenen nicht zu verstören …

Ja, sicher. Und die hier unten, wissen die es?

Nur einige …

Die anderen?

Können problemlos weiter daran festhalten, ja, ja, ich weiß schon, man regelt das mit Stellvertretern, macht wohl für viele keinen Unterschied. Wichtig ist die persönliche Einstellung, auf die kommt es an, sie macht Leben aus. Also dann …

Gut, ich warte auf eure Anweisung. Aber beeilt euch, ich brauche hier auch Zeit für die Vorbereitungen …

Ja, schon gut, ich will euch ja nicht drängen …

Übrigens, eine Frage. Der von Russland, ist der bei euch?

Ah, nicht eure Abteilung …

Kein Gott …

Ja, ja, ich weiß, ihr dürftet ohnehin keine Auskunft geben, Datenschutz …

Der Bauleiter nähert sich dem Tisch, rafft die verstreuten Papiere zusammen. Gleich wird er das Gespräch beenden, jetzt nur weg hier, sagt sich Lorin, damit er nicht beim Horchen ertappt wird.

Weit weg nun Aris, die Bienenwolken, die Sorge um Ilana.
Sie hat ja recht, was soll ihr schon geschehen.
Der Setzkasten. Ein Traum nur.

Nur.

Vor der Haustür bleibt er stehen. Das Brot. Er hat es vergessen.

15 Beeren

Auf dem Fruchtgemälde fehlen die Beeren.
Zumindest die roten.

Erdbeeren, Himbeeren und Johannisbeeren

haben sich verabschiedet. Mit ihnen die Stachelbeeren.

Einzig die Brombeeren zögern ihren Abgang hinaus.

Dafür glänzt nun das rosa Fruchtfleisch der sorgfältig enthäuteten Grapefruitschnitze. Die Banane hat diskret ihren Platz wieder eingenommen, neben ihr das funkelnde Innenleben einer vollreifen
Feige.

Ist es nicht immer ein wenig traurig, wenn keine roten Beeren mehr da sind, es sind so herrliche Früchte.

Aber nur, wenn man sie auf dem Höhepunkt ihrer Reife erwischt, und ihre Zeit ist kurz bemessen, sagt Ilana, dafür sind jetzt die Trauben in Bestform, die weißen wie die roten.

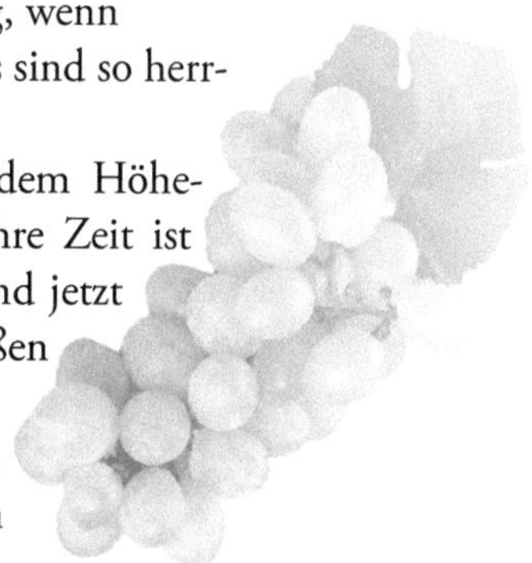

Sie pickt eine Beere aus dem Fruchtgemälde und steckt sie Lorin in den Mund.

Muscat, sagt er. Aromatisch, würzig, süß.

Ich habe die weißen gewählt, damit es auf dem Teller nicht zu düster aussieht. Dunkel hätte Hell übertönt, da sind ja auch noch die Heidelbeeren, die Pflaumen, die Brombeeren und die blauen Feigen, die nun endlich süß und saftig zu haben sind … Gibt der bernsteinfarbene Ton nicht einen herrlichen Akzent ins heutige Gemälde?

Farbe des Honigs, sagt Lorin.

Deine Honigobsession, sagt Ilana, schüttelt den Kopf.

Zu spät. Vergeblich der lockere Ton, um den sich beide nach längerem Schweigen bemühen. Sie sind wieder da, die Wolken der Bedrohung, schwarze, summende Wolken, Bienenschwärme. Eiche und Linde schutzlos preisgegeben.

Lastende Ungewissheit. Setzkasten. Dreamy State. Wie weit wird das Unheimliche in ihren Alltag eindringen, die Regie über ihr Leben ergreifen. Was, wenn der Zustand kippt, Lorin plötzlich nur noch dort lebt, wo der Dreamy State ihn hinführt, zu Besuch im Spezialhimmel für abgelegte Götter, mit den Suslowa Schwestern auf der Krim, mit Bürkli in Texas, in anderen Zeiten, anderen Räumen, mal hier, mal dort. Wenn Ilana immer stärker ein Leben aus dem Setzkasten lebt, mehrere Leben gar, womöglich ohne ihn, sich in Gefahren begibt, ohne dass er ihr helfen könnte …

Noch ist es nicht so weit, es gibt zwischendurch auch unbekümmerte Momente. Vor wenigen Tagen hat sich Ilana mit teilnehmender Aufmerksamkeit seinen Bericht über den Tod des Alten angehört, sich sogar für Lorin gefreut, dass es ihm Stoff für sein Schreiben liefere. Die Fundgrube sei diesmal wohl Wagners Ring, die Götterdämmerung, die Aufzeichnung aus der Metropolitan Opera New York, die sie sich neulich angesehen. Und ja, gewiss, Nietzsche lasse grüßen.

Noch ist es nicht so weit. Noch erzählt auch Ilana, was ihr widerfährt, sie formuliert es als Traumhandlung, als gelebte Traumhandlung, die sich in ihrer Lebhaftigkeit kaum vom Erleben im Alltag unterscheidet, höchstens im Grad der Absurdität. Dennoch fällt ihm eine Veränderung auf. Oder bildet er es sich nur ein? Erschöpfung lastet auf ihr. Blässe auf ihrem Gesicht. Schlafstörungen. Und isst sie in letzter Zeit nicht mit weniger Appetit? Dennoch. Sie ist bei ihm.

Noch.

Ilanas besorgte Blicke.

Lorin versucht, die Wolken zu verscheuchen.

Du wirst nie erraten, sagt Ilana, wen ich heute früh, als du noch schliefst, kennengelernt habe.

Seine Aufmerksamkeit geweckt. Alarmbereitschaft.

Einen auf den ersten Blick unauffälligen Forscher namens Wilson Edwards. Schon mal von ihm gehört?

Lorin denkt nach, der Name komme ihm bekannt vor, ob das nicht der Evolutionsbiologe sei, der vor nicht allzu langer Zeit verstorben. Der mit den Ameisen …

Knapp verfehlt. Der hieß Edward Wilson, Edward Osborne Wilson. Aber rein zufällig ist die Ähnlichkeit der beiden Namen wahrscheinlich nicht, weckt der Name doch Assoziationen an einen redlichen Wissenschaftler. Wilson Edwards hat jedoch eine weit kompliziertere Biografie. Biologe auch er, doch nicht Amerikaner, sondern Schweizer, Forscher an der Universität Bern, berühmt geworden als Experte zum Ursprung des Corona-Virus.

Wo bist du ihm denn begegnet, doch hoffentlich nicht auf dem Sihlfeld?

Nein, ich habe ihn in der Zentralbibliothek getroffen, als ich heute früh dort ein vorbestelltes Buch abholte. Der Mann hat mich zunächst eine Weile beobachtet, dann ist er auf mich zugekommen und hat gefragt, ob man in Zürich gefahrlos ein Taxi besteigen könne und welches Unternehmen sich empfehle.

Ziemlich plumper Trick, denkt Lorin, sagt aber nichts.

Da mir die Unruhe des Mannes aufgefallen war, lud ich ihn auf einen Kaffee ins Zähringer ein.

Was? Prompt auf ihn hereingefallen. Diesmal gelingt es ihm nicht, die Bemerkung zu unterdrücken.

Das Innere des Lokals habe er nicht betreten wollen, sagt Ilana, ohne auf Lorins Kommentar einzugehen, also hätten sie sich auf die Terrasse gesetzt, sodass er bei Gefahr augenblicklich hätte die Flucht ergreifen können. Dort habe ihr Wilson Edwards bei einem Cappuccino von seiner Not erzählt. Vor allem in China sei er viel beachtet, in allen renommierten Zeitungen komme er zu Wort, bei der staatlichen Nachrichtenagentur Xinhua, den englischsprachigen Zeitungen China Daily und Global Times, bei der Renmin Ribao. Alle beriefen sich auf Facebook-Einträge, in denen er sich bestürzt zeige über den gewaltigen Druck, der auf ihn und andere Fachkollegen ausgeübt werde, vor allem seitens der USA. Die These, dass das Corona-Virus einem Labor in Wuhan entwichen sein könnte, sei eine von den USA bewusst in die Welt gesetzte Verunglimpfung Chinas, sie als Forscher würden nun durch Einschüchterungen dazu gedrängt, diese Falschbehauptung zu verbreiten. Jetzt habe er deswegen Ärger.

Das wundert mich nicht; wenn er solchen Unsinn verbreitet, muss er sich auch dafür verantworten, sagt Lorin und schüttelt den Kopf, es sei denn …

Genau das habe ich mir auch gedacht, und Edwards muss mir das angesehen haben, denn er versicherte mir mehrfach, dass er nie solche Berichte auf Facebook hochgeladen habe, ja, dass er nicht einmal ein Konto auf Facebook betreibe, man ihn also schlicht benutze für politische Zwecke und er verzweifelt versuche, sich gegen die Fälschungen zu stemmen. In China lasse sich natürlich nichts machen, aber wenigstens in der Schweiz wolle er doch versuchen, sich von dem Schmutz der Falschbehauptungen reinzuwaschen.

Was hast du ihm gesagt?

Er solle sich bei den zuständigen Behörden hier melden, riet ich ihm, doch Wilson meinte, das sei gar nicht so einfach. Sie würden ihn ja nicht kennen, schon gar nicht anerkennen. Das Problem habe sich zwar inzwischen entschärft, denn nachdem nicht nur in China, sondern auch in Großbritannien und den USA immer mehr Beiträge erschienen seien, die sich auf ihn beriefen, habe die Schweizer Botschaft in Peking angefangen, sich für ihn zu interessieren, nach ausführlichen Recherchen habe sich ergeben, dass es keinen Schweizer Biologen mit Namen Wilson Edwards gebe, kurz, man habe ihn zu politischen Zwecken erfunden, ihm eine wissenschaftliche Biografie verpasst, ein Facebook Konto unter seinem Namen eingerichtet, Berichte ins Netz gestellt, weitere gefälschte Konten eröffnet, die die Berichte an tatsächliche Nutzer weitergeleitet hätten, und so habe er traurige Berühmtheit erlangt. Inzwischen habe Facebook Hunderte gefälschte Konten im Zusammenhang mit seinem Namen gelöscht, auch die Artikel seien aus dem Netz verschwunden.

Dann sei das Problem ja behoben, sagte ich zu Wilson, doch dieser blickte mich nur verzweifelt an. Du hättest seinen Blick sehen sollen, er tat mir wirklich leid. Traurig schüttelte er den Kopf und sagte, nein, die schlimmsten Probleme hätten eben erst begonnen, existenzielle Fragen, berechtigte Zweifel an seiner Person. Es gebe ihn nicht, aber es gebe ihn doch, und am schlimmsten sei es, dass er keinerlei Macht über sein Leben habe.

Wenn ich das richtig verstehe, hat er die ja wohl nie wirklich gehabt, dein Wilson, sagt Lorin und fragt sich, ob sich Ilana der Absurdität ihrer Begegnung bewusst ist. Diesmal erzählt sie die Geschichte nicht als Traumhandlung, sondern als Begebenheit. Merkt sie denn nicht, dass … Anderseits sind seine Begegnungen, von denen er Ilana jeweils erzählt, mindestens ebenso absurd. Nie hat sie seine Erlebnisse zurückgewiesen. Allerdings hat er eine neurologische Diagnose vorzuweisen. Ilana aber …

Vermutlich nicht, aber bisher war das für ihn kein Problem, fährt Ilana unbeirrt fort, jetzt aber … Die absonderlichen Beiträge in seinem Namen seien gelöscht, getilgt, gut so, aber nun sei auch er gelöscht und getilgt, um ein Haar zumindest, und das mache ihm Angst. Immerhin erscheine ab und zu ein Bericht zu seinem Fall, das erhalte ihn auf irgend eine Weise am Leben, aber wie lange?

Was hast du ihm nur geantwortet, will Lorin wissen.

Mir fiel mit dem besten Willen nichts ein, ich erwähnte lediglich, dass ich auch schon von anderen solchen Fällen gehört hätte, von einer französischen Journalistin, die über die Uigurenlager berichtet habe, bestimmt gebe es noch andere, die in derselben misslichen Lage steckten. Es schien ihn ein bisschen zu trösten, er dankte mir und meinte, womöglich gelinge es ihm, andere zu kontaktieren, sie könnten sich dann austauschen und vielleicht sogar zusammentun, eine Gemeinschaft bilden, in der man sich gegenseitig helfen könne … Wer weiß, sagte ich ihm und dachte dabei an den Spezialhimmel für abgelegte Götter, eines Tages gibt es vielleicht ganze Städte im Irgendwo, bewohnt von Menschen, die dieses Schicksal teilen.

Das war aber gewagt, meint Lorin. Hatte er nicht den Eindruck, du würdest dich über ihn lustig machen?

Nein, gar nicht. Er schien sich darüber zu freuen. Tolle

Idee, fand er. Eine ganze Stadt … seine Augen glänzten. Beim Verabschieden hat er sich bedankt. Es eröffne sich doch immer eine unerwartete Perspektive, selbst in scheinbar ausweglosen Situationen.

Optimistisch, meint Lorin.

Das fand ich auch, weiß nicht, woher er plötzlich diese Zuversicht nahm.

Du hast dir doch nichts anmerken lassen, sagt Lorin und betrachtet Ilana nachdenklich.

Du solltest mich doch allmählich kennen, sagt Ilana.

Ja. Eben.

Die Früchtekomposition aufgelöst.
Zeit für den Kaffee.

Mit ein bisschen Überwindung gelingt es Lorin, sich eine dünne Schicht Honig auf sein Brot zu streichen.
Kastanienhonig.
Aus Italien.
Den türkischen Honig rührt er nicht an.

Ilana lächelt, öffnet das Honigglas, taucht ein Löffelchen in den türkischen Honig.

Ja. Eben.

16 Türkentaube

Er hat ihr nichts von seinen Recherchen im Internet gesagt. Wilson Edwards. Es gibt ihn tatsächlich. Zumindest in der Form, wie Ilana berichtet. Die Geschichte über Wilson ist wahr, er existiert als erfundene Person, die erschaffen wurde, um auf dem Netz Fake News zu verbreiten. Mehrere Zeitungen haben über ihn berichtet, auch über andere, ähnlich gelagerte Fälle.

Dass Ilana also Kenntnis davon hatte, ist nicht weiter erstaunlich. Doch wie kommt sie dazu, ihm diese Geschichte als persönliches Treffen aufzutischen. Zentralbibliothek. Café Zähringer. Cappuccino. Halluzinationen? Glaubt sie wirklich an die Begegnung mit diesem Wilson, wie sie ihn nennt? Oder erzählt sie ihm absichtlich Geschichten, weil sie auch Sonderbegabungen haben möchte. Nein, das passt nicht zu Ilana, nicht zu Ilana, wie er sie kennt.

Vielleicht will sie ihm ja auch nur vor Augen führen, wie absurd es klingt, wenn er ihr von seinen Begegnungen mit der Suslowa berichtet, von Bürkli oder Helene Heim. Aber das würde sie ihm wohl eher direkt sagen, Ilana fürchtet sich nicht vor Konfrontationen, nicht die Ilana, mit der er bisher zusammengelebt.

Vielleicht dient ja die Erzählung über Wilson Ilana nur als Vorwand, um ihr Fernbleiben zu erklären. Derweil sie sich mit einem anderen trifft … Einem höchst realen … Aris. Ilana kennt seine Anfälle von Eifersucht aus früheren Zeiten, das liegt allerdings Jahre zurück, Jahrzehnte. Nun, da es mit Aris einen realen Grund zur Eifersucht gibt, erinnert sie sich wohl wieder daran, möchte unangenehme Szenen vermeiden, erfindet Geschichten … Nebelgespinste, die sie webt, um ihnen beiden Leid zu ersparen.

Der Honigtopf. Sie hat den Honig nicht vor ihm verborgen, im Gegenteil, ihn sogar als Geschenk von Aris präsentiert, vor seinen Augen ein wenig davon genascht.

Es gäbe allerdings noch eine andere Möglichkeit der Erklärung, eine weniger banale. Begonnen haben die Merkwürdigkeiten mit dem Traum über das Lebensbuch, dessen Text in Einzelbuchstaben zerfiel. Der Setzkasten. Der Auftrag der Katze. Die alternative Biografie. Lebenssequenzen, die ihm fremd … Ein Traum nur?

Er muss es wissen, zu quälend die Ungewissheit. Sogar unfaire Mittel zieht er in Betracht, wenn nur das Unheimliche aus ihrem Alltag verscheucht werden kann.

Gegen Abend verlässt er das Haus, ausgerüstet für das tägliche Laufpensum. Diesmal aber will er unerwartet früh zurückkehren. Wer weiß …

Seine Schritte schnell. Zum Viadukt und retour, nimmt er sich vor, mehr nicht, kein Verweilen, höchstens einen kurzen Blick auf die Großbaustelle, zur Sicherheit. Die Kranosaurier mit ihren Greifarmen und Beißzangen sind nicht mehr vor Ort, darauf ist er gefasst. Beunruhigend, sie nicht mehr im Auge zu haben. Personal der Unterwelt. Unheimlich ihr Anblick. Aber so hat er gar keine Kontrolle mehr über ihr Tun. Er muss in Erfahrung bringen, wo sie sich jetzt festbeißen, versucht sich vorzustellen, wie solche Schwergewichte sich an einen neuen Einsatzort bewegen. Riesige, schwerfällige Kolosse sieht er vor sich, langsam und geräuschvoll ziehen sie durch nebelgraue Landschaften, weithin sichtbar durch ihr auffälliges Gelb. Eine Neuauflage der Dinosaurier, als Nutztier gezüchtet, der A-Rex. Eine unheimliche Vorstellung … Aber nein, mit den Dimensionen und dem gewaltigen Gewicht können sie sich kaum selbstständig durch die Gegend bewegen. Viel eher werden sie abgebaut, zerlegt und in einem Konvoi von Lastwagen an den neuen Ort gebracht, um dort von neuem zum Leben erweckt zu werden. Womöglich sind sie in der Lage, sich selbst zu zerlegen und wieder aufzubauen, ihre Glieder zusammenzusetzen, den blutroten Kopf mit den schwarzen Reißzähnen an den gedehnten gelben Hals zu montieren, um dann den enormen Hals langsam vom Boden in die Höhe zu recken. Autonome Wesen. Oder halb autonome. Unheimlich auch das, aber faszinierend. Lorin wird den Gedanken nicht los, dass die hochgezüchteten neuen Saurier mit dem Untergrund in Verbindung stehen. Ist dort, wo sie am Werk sind, ein Eingang zur Unterwelt? So ein Eingang wäre also immer nur für begrenzte Zeit offen, dann wieder anderswohin verlegt. Eine Pop-up Installation, um den Eingang zur Unterwelt zu schützen …

Die merkwürdigen Telefonate des Bauleiters, die Anmeldungen, der Transport der Angekündigten, all die geheimnisvollen Vorgänge. Vielleicht besteht eine Verbindung zu den Kranosauriern. Das Baugewerbe im Dienste der Unterwelt. Warum sich überhaupt mit solchen Gedanken befassen, beunruhigend doch Ilana, die Veränderungen der vergangenen Tage.

Lorin löst sich von der Baustelle, macht sich eilig auf den Heimweg, um nach wenigen Schritten wieder zu verlangsamen. Will er, was auf ihn zukommt, wirklich wissen, mit eigenen Augen sehen?

Keine Wahl. Die nagende Ungewissheit schlimmer als alles andere.

Vorsichtig darauf achtend, keinen Lärm zu machen, öffnet er die Wohnungstür. Sonderbare Geräusche empfangen ihn, fremdartiges Gelächter, dumpfe Laute, ein Stuhl, der am Boden aufschlägt.

Er findet Ilana allein in der Wohnung, kein Aris, niemand da außer ihr.
Als Lorin ihren Zustand sieht, wünschte er zutiefst, es wäre jemand da gewesen, der über sie gewacht hätte, selbst einen Aris hätte er als Beschützer in Kauf genommen. Sie torkelt durch die Wohnung, sturzbetrunken, stößt am Türpfosten an, fällt hilflos zu Boden. Lallende Worte, kaum verständlich, nicht an Lorin gerichtet, ihn nimmt sie gar nicht wahr. Sie spricht zu jemandem, den nur sie sehen kann.

Er eilt zu ihr, richtet sie auf, spricht sie an, sie scheint ihn nicht zu erkennen, dümmliches Grinsen, Gesichtszüge merkwürdig entgleist. Unansprechbar.

Mit Mühe hebt sie den Kopf, reckt ihn in die Höhe. Ein Gurren entspringt ihrer Kehle, erst zaghaft, dann deutlich, der Ruf der Türkentaube: Pa-schaal-sta
Pa-schaal-sta
Pa-schaal-sta
Ruckweise bewegt sie ihren Kopf vorwärts, rückwärts.
Taubenartig.
Sie leckt sich die Lippen. Pa-schaal-sta
Pa-schaal-sta
Pa-schaal-sta
Speichel tropft aus dem Mund.

Lorin versucht, sie zum Bett zu geleiten, doch inzwischen ist Ilana nicht mehr in der Lage aufrecht zu stehen, auch nicht mit Hilfe, sie kann sich nur noch kriechend fortbewegen. Schweiß rinnt ihr aus den Poren, dann muss sie sich erbrechen.

Lorin steht ihr bei, so gut er kann, ihre Mattigkeit, der verlangsamte Puls, ihr ganzer Zustand versetzt ihn in Panik, er holt das Telefon, um einen Notfallarzt anzufordern, doch Ilana schüttelt den Kopf. Niemanden sehen, lallt sie, nur müde, schlafen …

Zehn Minuten will er ihr geben, mehr nicht, die Nummer der Notfallzentrale liegt bereit, Ilana dämmert vor sich hin, murmelt ab und zu undeutliche Worte.

Regen, lallt sie und schaut an die Zimmerdecke … es regnet, regnet große Fische, Karpfen … vom Himmel, fallen in den See … ein riesiger Fisch, pfeilt ins Wasser … kein Karpfen, Fischreiher, Fischreiher auf der Jagd. Wehe denen, die im Wasser wohnen, wehe. Jagdbeute. Tauben leben gefährlich, vor allem im Aquarium …

Die zehn Minuten sind noch nicht abgelaufen. Lorin wählt eine Nummer, aber nicht die Nummer, die er herausgesucht hat. Dafür ist es nun zu spät. Nicht den Notfallarzt braucht es.

Die Ambulanz wird in maximal zehn Minuten da sein. Man hat es ihm versprochen. Ilanas Blutdruck seit der letzten Messung weiter gesunken, der Puls bedrohlich tief.

17 Wasser, Honig, Nektar

Gewissheit hat er nun, zumindest, was Aris betrifft. Doch was nützt ihm das. Das Unheimliche ist durch die Klärung nicht verschwunden, es hat im Gegenteil an Bedrohlichkeit zugenommen.

Nein, Ilana spielt ihm kein Theater vor, um heimlich ein zweites Leben zu führen, kein Doppelspiel, jedenfalls nicht absichtlich. Beängstigend vielmehr, dass es für ihren Zustand keine Erklärung gibt, für ihn nicht, aber auch nicht für die Ärzte im Krankenhaus.

Lorin schneidet Früchte,
ordnet sie eher zufällig im Teller an,
kein Auge heute für Ästhetik. Die
Auswahl weniger üppig, es fehlen
die Melonen; die Wassermelone *faulig*,
überreif, für den *Kompost*, der
Geschmack der letzten Honigmelone
kürbisartig, sie wird ihren nächsten
Auftritt erst wieder im Frühjahr feiern. Auch
Nektarinen fehlen, wie lange schon?
Wasser, Honig, Nektar.

Alles verschwunden.

Egal.

Die letzten Tage sind für Lorin nur bruchstückhaft erinnerbar, Stunden, beherrscht von Schock und Panik. Geschlafen hat er kaum, das Bett gemieden, Albträume hätten ihn unweigerlich geweckt. Ob er gegessen hat? Kaum. Eher umgekehrt. Zernagt, zerfressen von Sorge. Seine Angst um Ilana allgegenwärtig.

Nach vierundzwanzig langen Stunden hatte es vom Krankenhaus vorsichtige Entwarnung gegeben. Der Spuk weitgehend vorbei. Ilana verhielt sich normal, sprach mit klarer Stimme, ihre Worte sinnvoll, ihre Gesichtszüge wieder vertraut, lediglich eine gewisse Mattigkeit war noch spürbar. Die Vitalwerte hatten sich normalisiert, nachdem Blutdruck und Puls zuvor lebensgefährlich tief abgesunken. Man hatte sie zunächst auf der Intensivstation betreut, engmaschig kontrolliert und danach weitere zwei Tage gründlich untersucht.

Alkohol im Blut?

Ja, aber nicht in einer Menge, die den Zustand erklärt hätte.

Seit heute ist sie wieder zu Hause, sitzt am vertrauten Tisch, pickt sich ein paar wenige Früchte aus dem Teller. Dem Magen traut sie noch nicht so ganz. Allein die Erinnerung … Übelkeit, Brechen, Durchfall …

Sie müsse wohl etwas Schlechtes gegessen haben, meint Ilana, die Rauchwurst vielleicht, die habe schon etwas lange im Kühlschrank gelegen. Als Erstes sei ihr übel geworden, dann schwindlig, so stark wie nie zuvor.

Mehrfach habe sie kurz das Bewusstsein verloren, berichtet Lorin, darum habe er die Ambulanz gerufen, ihren Einspruch missachtend. Er sei furchtbar erschrocken, als er ihren tiefen Puls bemerkt habe, die Sanitäter von der Ambulanz ebenso. Die hätten ihr sofort etwas gespritzt, noch auf der Fahrt ins Krankenhaus. Aber auch ihr gesamter Zustand … wie in einem tiefen Rausch, er habe sie kaum erkannt, sie ihn schon gar nicht. Er wage noch nicht, sich zu freuen, dass sie wieder da sei, denn solange man nicht wisse, was es war, bleibe die Angst, es könnte jederzeit wiederkehren.

Die Früchte noch immer im Teller, auch Lorin fehlt es an Appetit. Er räumt sie weg, desgleichen Brot, Honig, Käse, bringt stattdessen Kaffee.

Endlich wieder einen anständigen Espresso, sagt Ilana, darauf freue ich mich jetzt.

Hoffentlich schmeckt er dir, sicher ist alles noch ein bisschen durcheinander.

Mein Zustand war übel, zugegeben, sagt Ilana, aber ich habe auch etwas erlebt, was ich nicht missen möchte.

Lorin schüttelt heftig den Kopf, nicht noch einmal, falls du das beeinflussen kannst.

Stell dir vor, sagt Ilana unbeirrt, ich war eine Taube, eine Türkentaube, flog, flog zum Bosporus, dann weiter an die Südküste des Schwarzen Meeres. Eine wilde Küstenlandschaft, hügelig, abfallend zum Meer, Büsche und blühende Sträucher, soweit das Auge reicht. Ich setzte mich zum Ausruhen an den Strand, blickte auf das weite Meer, lauschte dem Gang der Wellen. Es kam eine Katze auf mich zu, freundlich, ich fürchtete mich nicht vor ihr. Sie sprang auf einen felsigen Stein, sah, dass ich von weit her gekommen, warf mir von oben kleine Brotkrumen zu. Sie schmeckten süß, danach aber, im Abgang, recht bitter. Ich gurrte und verlangte nach mehr, doch die Katze sagte, ich müsse mich mäßigen, alles mit Maß, das sei das Geheimnis, sonst könne ich nicht mehr fliegen, womöglich nie mehr. Nach dem Essen war ich schläfrig, döste vor mich hin. Danach wurde mir übel. Sofort wollte ich mich auf den Heimweg machen, bevor es noch schlimmer kommt, doch ich konnte nicht mehr richtig fliegen, ich schwankte in der Luft, fürchtete, ins Meer zu stürzen. Das Schwarze Meer kam mir nun ungastlich vor, dennoch blieb mir keine Wahl, ich ließ mich fallen und segelte ins Meer.

Du sprachst von einem Aquarium …

Aquarium? Nein, nein, es war das Meer, ich schwamm zuerst auf der Oberfläche, doch dann begann es zu regnen, Bindfäden zuerst, dann Fische, immer größere Fische, größer als ich, sie hätten mich erschlagen können. Also ließ ich mich auf den Meeresgrund sinken, eine zauberhaft schöne Welt mit fantastischen Lichtreflexen und sphärischen Musikklängen, ich bestaunte sie, obwohl mir noch immer übel war. Dann aber begann es zu hageln, es hagelte einen riesigen Fisch ins Meer, viel riesiger als alle anderen, er pfeilte direkt auf mich zu, wollte mich packen, ich schrie, denn es war kein Fisch, sondern ein Fischreiher, ich seine Beute. Ich muss wohl das Bewusstsein verloren haben, denn mir fehlt die Verbindung … Plötzlich regnete es einen weiteren Vogel ins Meer, er hatte riesige Flügel, Adlerflügel,

beim Näherkommen sah ich, dass es sich um einen Engel handelte. Er hob mich auf, umfing mich mit seinen Flügeln, trug mich nach Hause und bettete mich weich und bequem. Dann muss ich geschlafen haben …

Du warst bewusstlos …

Als ich erwachte, war der Engel noch immer da, er hatte deine Gesichtszüge, deine Gestalt, deine Stimme. Danach weiß ich nichts mehr.

Wir müssen herausfinden, wie es dazu gekommen ist, es darf nicht wieder passieren.

Ilana schüttelt den Kopf. Sie möchte das Erlebnis nicht missen, sagt sie, fantastisch, noch nie sei ihr dergleichen widerfahren. Vielleicht habe sie ja doch auch eine spezielle Begabung so wie Lorin mit seinen neurologischen Besonderheiten. Auf den Dreamy State würde er ja auch nicht verzichten wollen.

Das sei nicht zu vergleichen, protestiert Lorin.

Warum denn, was du mir jeweils erzählst, ist doch ebenso verrückt. Deine Abstecher ins Sihlfeld, die Gespräche mit der Suslowa, Bürkli, Helene Heim und wie sie alle heißen. Der Tod des Alten, der für eine chambre séparée im Himmel für abgelegte Götter angemeldet wird … Habe ich etwa versucht dich davon abzubringen?

Das ist doch nicht dasselbe, ich kann ja nichts dafür, es kommt von selbst.

Ich kann auch nichts dafür, es ist einfach über mich gekommen.

Seine Zustände seien überdies in keiner Weise gefährlich, wohingegen Ilanas Leben an einem Faden gehangen … Sie müsse ihm versprechen …

Gar nichts verspreche ich.

Es hilft alles nichts.
Auch ein zweiter Kaffee nicht.
Streit.
Nicht etwa ein Streitgespräch um verschiedene Meinungen zu einer Sache, das wäre harmlos. Nein. Ein Streit um Grundsätzliches, und das am ersten Tag ihrer Rückkehr aus dem Krankenhaus.

18 Consilium

Medizinische Notfallversorgung, lebensrettende Maßnahmen, Pflege, das alles hatte Ilana im Krankenhaus erhalten, sie war bewacht worden, betreut, war in guten Händen. Doch als sie sich unerwartet schnell erholt hatte, wurde sie nach Hause entlassen. Auf Lorins hartnäckige Fragen nach der Ursache erntete er bedauerndes, aber auch ratloses Kopfschütteln.

Sie hätten Drogen in Betracht gezogen, die Befunde seien aber negativ. Ob er denn einen Verdacht habe? Nein, hatte er nicht, nur vage, schwer diskutierbare Empfindungen. Mit einem einzigen Arzt im Krankenhaus hatte er versucht, von seinen neurologisch bedingten Phänomenen zu sprechen, eine Analogie zu Ilanas Zustand anzudeuten, der Arzt hatte ihn nur nachdenklich angeblickt.

Seinen eigenen Neurologen kann Lorin derzeit nicht erreichen: Ferien. Zeit zum Warten hat er aber nicht. Natürlich hofft auch er, dass es sich um einen einmaligen Vorfall handeln möge, doch darauf bauen mag er nicht. Er braucht dringend Hilfe, sofort, wenigstens Rat, in welche Richtung er suchen oder beobachten sollte.

Ilanas Zustand ist besorgniserregend, so sehr, dass Lorin einen ungewöhnlichen Entschluss fasst. Kein Zentrum für Spezialmedizin wird er aufsuchen, auch kein privates – die werden ihm auch nichts anderes sagen können als die behandelnden Ärzte im Krankenhaus –, keine Psychiatrische Klinik, von deren Routine verspricht er sich für diesen speziellen Fall gar nichts, nein, am ehesten erhofft er sich Hilfe und Verständnis auf dem Friedhof, ist aber froh darum, dass er das niemandem erklären muss.

Auf dem Sihlfeld bieten sich ihm mehrere Möglichkeiten, er hat die Wahl. Da ist Marie Heim-Vögtlin, die erfahrene Hausärztin, speziell versiert, wenn es um Frauen geht. Sophie Erismann-Hasse, die Psychiaterin, Psychoanalytikerin der ersten Stunde. Dann auch Tochter Wera Erismann, vertraut mit Weiterentwicklungen der Psychiatrie und Psychoanalyse, bestimmt lockerer, was die Lehrmeinungen der Pioniere anbelangt, denen gegenüber die ersten Mitglieder der Vereinigung sich noch wenig Freiheit erlauben konnten. Die jüngste hat vermutlich das weiteste Blickfeld. Alle drei haben den großen Vorteil der Unabhängigkeit von heutigen Standardvorgehensweisen, sind es gewohnt, sich auf sich selbst zu verlassen, Verantwortung zu übernehmen. Das birgt auch Nachteile, auf die Möglichkeiten der modernsten Verfahren können sie nicht zurückgreifen, auch steht kein eingespieltes Team für interdisziplinäre Besprechungen zur Verfügung. Aber den konventionellen Weg hat er ja bereits ausgeschöpft, der hat Ilana das Leben gerettet, zum Glück … Dennoch, Antworten auf seine Fragen hat Lorin keine bekommen.

Es stellt sich das Problem der Kontaktaufnahme. Das Friedhofsforum unbrauchbar, kein Sekretariat, bei dem man um einen Termin ersuchen könnte, keine Terminbuchung auf elektronischem Weg, weder E-Mail noch Postadresse.

Einfach hingehen, sich in der Wandelhalle des Krematoriums vor die Gedenkplatten der Familien Heim-Vögtlin und Erismann-Hasse stellen? Warum nicht, einen besseren Einfall hat er ohnehin nicht.

Sich scheu umblickend, bringt Lorin sein Anliegen vor, leise, dass nicht Unbefugte ihn zufällig hören, aber klar genug, damit die Angesprochenen ihn verstehen können:
Marie, Sophie, Wera.

Er versucht, den Fall betont neutral vorzulegen, bemüht um ärztliche Distanz, erstellt eine Anamnese, zählt die Symptome auf, beschreibt bisherige Behandlung und Verlauf, möglichst lückenlos.

Daraufhin wappnet er sich mit Geduld, stellt sich vor, er würde im Wartezimmer darauf warten, aufgerufen zu werden. Bis zu einer Stunde Wartezeit scheint ihm realistisch – erfahrungsgemäß.

Im Wechsel erhofft er sich das Erscheinen von Heim-Vögtlin – ist sie nicht die versierteste der zur Verfügung stehenden Medizinerinnen, eine Generalistin mit viel Erfahrung, die sich besonders mit Frauenleiden aller Art gut auskennt, allerdings tief im 19. Jahrhundert verwurzelt, im Lauf des ersten Weltkriegs schon gestorben, in ihrer Haltung dem Leben gegenüber etwas gar streng –, dann wieder setzt er seine Hoffnungen in Sophie Erismann-Hasse, hat sie doch das 20. Jahrhundert im Blick, obendrein reichlich Erfahrung als Psychoanalytikerin, Ilanas Probleme womöglich nicht nur rein medizinischer Natur. Doch vielleicht wäre ja sogar Wera Erismann die beste Wahl, die Jüngste der drei Ärztinnen, der nächsten Generation zugehörig, ein Kind des 20. Jahrhunderts, Psychiaterin auch sie, aber mit breit gefächerten Interessen, Sinn für Ästhetik, eine Künstlerin, hat sie nicht Landschaften gemalt? Doch ob sie dem Problem gewachsen wäre, allgemeinmedizinisch genügend Erfahrung hätte …

Der erste Versuch bleibt ergebnislos. Keine der Angerufenen erscheint. Lorins Verfassung schwankt zwischen Verzweiflung und Wut. Sein Besuch endet mit der fast drohend klingenden Ankündigung, er werde am nächsten Tag zur selben Zeit wiederkommen.

Ärgerlich, er hat es ganz falsch angepackt, denkt er am nächsten Tag nach einer schlaflosen Nacht, viel persönlicher, eindringlicher hätte er über seine Not sprechen sollen, seine Sorge um Ilana, seine Eiche. Er muss die entscheidenden Wesen zu Tränen rühren, sie mitreißen, so, dass sie sich seinem Leid nicht entziehen können, sich genötigt fühlen, ihm zu helfen.

Und so beginnt er noch einmal von vorn, erzählt, wie Ilana und er sich begegnet, vor bald einem halben Jahrhundert, wie viele Stürme sie gemeinsam überstanden, ihre Wurzeln inzwischen verschlungen … Genügend Licht und Luft für beide trotz enger Verflechtung. Er besingt Ilana, ihren Sinn für Schönes, ihr Flair für edle Stoffe, Materialien, aus denen sie kühne Kreationen entwirft, Schmuckstücke komponiert, Gefäße aus ihren Händen emporwachsen lässt. In den letzten Jahren nun eine neue Passion, die Gärtnerei, ihre Touren als Stadtguerillera. Das duftende Kräuterparadies auf dem Balkon. Die tägliche Malerei auf Glas mit den geschnittenen Früchten. Dann die Wende, der Traum vom Lebensbuch, ihre schleichende Wesensveränderung seither, die süßen Versuchungen, Aris, der Honigtopfschenker, bedrohliche Träume, die fantastische Begegnung mit dem nicht existenten Wilson Edwards. Lorins furchtbares Entsetzen, als er sie im Vollrausch zu Hause vorfindet, lallend, halluzinierend, in Lebensgefahr. Die Panik, als er ihren Zustand erfasst. Die Ambulanz. Die knappe Rettung. Es hätte tödlich ausgehen können. Herzstillstand. Seine furchtbare Angst, es könnte sich wieder ereignen, zumal Ilana selbst wenig Schreck, ja nicht einmal Respekt vor den unheimlichen Vorgängen zeigt, im Gegenteil, sie sehnt den Zustand herbei, so sein Verdacht.

Lorin
redet sich in Trance, Worte
sprudeln von selbst aus ihm
heraus, es bedarf keiner Anstrengung
mehr.
Gesang …

Erst nach längerer Zeit wird er der Zuhörerschaft gewahr. Ja, es sind einige und es werden immer mehr.

Zunächst die Tiere, die dem Klagegesang lauschen, Eichhörnchen, Igel, Füchse, Dachse, ein Hirsch, verborgen hinter dem dicken Stamm einer Tanne. Dann Vögel aller Art auf den Zweigen der Bäume und Büsche, Insekten in der Luft. Vereinzelt Katzen, suchen sich ihr Plätzchen, die grau-weiße und der Tiger wie immer als Paar. Blindschleichen, Schnecken, Würmer, Käfer kriechen in die Nähe, manche verbergen sich im Laub, andere strecken, um besser zu hören, die Köpfe in die Höhe. Sogar die emsigen Ameisen lassen ihre Arbeit ruhen, ihr Zug steht still, der Lasten entledigt, lauschen sie des Sängers Klage.

Auch das Kopfsteinpflasterareal um das Krematorium ist inzwischen recht belebt. Das Heer der Zikaden am Wegrand bleibt stumm, ebenso die Frösche, eine stattliche Runde auf der steinernen Umfassung des Wasserbeckens. Eidechsen mit gereckten Köpfen, regungslos. Die Karpfen drängen sich an die Oberfläche des Wassers, springen in die Höhe, um Luft zu schnappen und dabei einen Blick auf den Sänger zu erhaschen.

Marie Heim-Vögtlin, Sophie Erismann-Hasse und Tochter Wera Erismann. Endlich, die drei herbeigerufenen Ärztinnen, Lorin spürt ihre Präsenz, nickt ihnen zu, ohne auch nur einen Augenblick zu unterbrechen. Im Dunkel der Säulenschatten, ist da nicht Friedrich Erismann? Er ist wohl Frau und Tochter gefolgt. Neben ihm Maries Sohn Arnold? Abseits eine weibliche Gestalt, aufmerksam lauscht sie des Sängers Stimme, nickt anerkennend. Helene?

Immer mehr Hörer gesellen sich hinzu, ein jeder hat sein Tagwerk unterbrochen, gäbe es hier einen Sisyphos, er hätte seinen Stein ruhen lassen. Allmählich fällt es Lorin schwer, zwischen bekannten und unbekannten Gesichtern zu unterscheiden, zumal die oberste Aufmerksamkeit seinem Vortrag gilt. Nicht nachlassen, die Zuhörer fesseln, sie sollen ihm zugeneigt sein, alle, in erster Linie die drei Ärztinnen: Marie, Sophie, Wera.

Die Tiere sind näher an die Menschen herangerückt, die Katzen, nun friedlich nebeneinander, vergessen die Revierkämpfe, selbst Maries Leuli hat sich unter sie gemischt, ohne dass Mensch oder Tier an seiner Gegenwart Anstoß nähmen. Frösche hocken unbekümmert neben Igel, Mäuse neben Katzen, Käfer neben Fledermäusen, die sich ausnahmsweise am helllichten Tag blicken lassen. Der Kolkrabe fliegt herab vom Baumzweig, setzt sich auf Maries Schulter und scheint ihr etwas ins Ohr zu flüstern – Maries spitze, schräg gestellte Ohren aus dem Reich der Elfen. Die Ärztin nickt, betritt dann die Treppe, wartet ab.

Zunächst ehrfürchtiges Schweigen, dann erste Rufe aus

den Scharen der Zuhörer, bittend, flehend, fordernd, die Schmerzen des Sängers müssten gestillt werden, unerträglich ihn leiden zu sehen, wer helfen könne trete vor.

Friedrich Erismann tritt vor, er würde ja gerne …

Nein, sagt seine Frau Sophie, in diesem Falle sei nun wirklich kein Augenarzt gefragt, auch kein Hygieniker, sie werde sich der Sache annehmen, zusammen mit Wera.

Marie ist die beste Tokterin, ruft es aus der Menge, es ist Johanna Spyri, die nach vorne tritt und auf Marie Heim-Vögtlin zeigt.

Ein Consilium, schlägt Marie mit Blick auf Sophie und Wera vor, wir werden uns beraten und danach Hilfe leisten, nach bestem Wissen und Können. Dazu aber brauchen wir Ruhe, wir bitten alle Anwesenden, den Platz um das Krematorium zu räumen.

Wenige nur kommen der Bitte nach, zu stark die Bewegung der Gemüter, das Verlangen mitzuerleben, wie die Trauer des Sängers sich löst.

Etliche drängen sich um Lorin, Worte des Trostes, der Anteilnahme, der Aufmunterung, Ratschläge, nützliche wie hilflose. Arme Seelen, die Lorin versichern, Ähnliches erlebt zu haben, anheben ihre eigene Lebensgeschichte zu erzählen, ihr Leid, der Ehemann, der stets betrunken, der Vater, die Mutter, die Frau, die heimlich ein Doppelleben …

Lorin hört kaum hin, ihm fehlt die Kraft, die vielen guten Absichten von sich fernzuhalten, all die Zusprüche, die seine Hoffnungen auf ein gutes Ende eher zerstören als befördern.

Widerstrebend verlassen einzelne wenige Zuhörer den Platz, Albert Heim wird von seiner Frau Marie losgeschickt, um nach dem Rechten zu sehen, an seiner Seite Wotan, schwarz und mächtig. Einige Gestalten lassen sich von dem riesigen Hund einschüchtern, verlassen den Platz. Doch dann stößt Albert auf sechs ehrwürdige Herren, die sich angeregt unterhalten und sich von Wotan wenig beeindruckt zeigen, zumal der Hund mit dem Schwanz wedelt, statt zu knurren, Kollegen vom Polytechnikum. Oswald Heer, der Botaniker, und Karl Culmann, der Ingenieur, beide Professoren der ersten Stunde am neu gegründeten Polytechnikum, heißen Albert willkommen, klopfen ihm auf die Schultern, ein junger Spund sei er gewesen, damals, als er mit dreiundzwanzig Jahren die Nachfolge von Escher von der Linth angetreten.

Vom Escher habe er im Studium enorm profitiert, sagt Albert Heim, aber auch von Oswald Heer, legendär die Exkursionen der Herren Escher und Heer, Geologie und Botanik im alpinen Raum, aber nicht nur das Fachliche habe die Studenten begeistert, auch der gesellschaftliche Aspekt, die Verbundenheit, die Freundschaft, die Escher und Heer vorgelebt hätten. Schade, dass Escher jetzt nicht mit von der Partie.

Das waren noch Zeiten, sagt Bluntschli, ich selbst war immerhin schon fast vierzig, als ich die Nachfolge von Gottfried Semper angetreten habe, Semper, kein einfaches Gemüt, eher unnahbar, aber ein Titan der Architektur, schade, sagt er an Gull gewandt, dass du am Polytechnikum den Semper nicht mehr erlebt hast …

Ja, als ich studiert habe, war Semper schon in Wien, murmelt Gull, vielleicht ganz gut so, Titanen sind für Nachfolgende zuweilen erdrückend …

Und kurz darauf endete Sempers Reise in Rom, auf dem Cimitero Acattolico, neben der Cestiuspyramide, seufzt Bluntschli, was für ein prächtiges Grab, ein Marmorsarkophag, alle wichtigen Stationen seines Lebens mit Ort und Datum in goldenen Lettern festgehalten. Da ist unser Wohnort hier geradezu bescheiden, obwohl in Zürich einer der schönsten.

Kinkel schüttelt ob Gulls Bemerkung zu den Titanen missbilligend den Kopf. Was wäre Zürich damals gewesen ohne diese Titanen. Das Polytechnikum, ein Magnet für helle Köpfe; insbesondere aus Deutschland seien in der Folge der Deutschen Revolution in jenen Jahren viele aus politischen Gründen nach Zürich gekommen, Semper habe aus Dresden fliehen müssen, weil er sich am Maiaufstand beteiligt habe, zusammen mit Richard Wagner. Dank Wagners Verbindungen habe er übrigens die Berufung nach Zürich erhalten.

Schade, dass man in Zürich so wenige von Sempers Entwürfen verwirklicht hat, sagt Bluntschli, bei der Neugestaltung des Kratzquartiers hat man die einmalige Gelegenheit für eine großzügige Stadterweiterung bis zum See verpasst. Sempers Entwurf einer Stadthausanlage mit Ausrichtung auf das Seebecken, ein geniales städtebauliches Konzept …

Viel zu großspurig für Zürich, zu herrschaftlich, zu teuer, sagt Gull.

Nun ja, für dich war es ein Vorteil, dass die Anlage nicht verwirklicht wurde, meint Bluntschli, du hast ja dann ein paar Jahrzehnte später das Stadthaus bauen dürfen.

Von wegen Flucht, sagt Culmann und wechselt damit das heikle Thema, Kinkel habe da ja eine weit spektakulärere Flucht vorzuweisen als alle anderen, ihm sei der Ruf als Martyrer der Revolution vorausgeeilt, wie lange er eigentlich im Gefängnis habe schmachten müssen.

Kinkel winkt ab. Zwar sei er zu lebenslänglicher Haft verurteilt worden, habe aber schon nach kurzer Zeit mit Hilfe seines Freundes Schurz aus dem Gefängnis Spandau fliehen können, eine abenteuerliche Geschichte …

Ein Glück für Zürich, ohne Kinkel, unseren hochverdienten Professor für Archäologie und Kunstgeschichte, gäbe es womöglich keine archäologische Sammlung hier in

Zürich, meint Carl Hartwich, höchst bedauerlich wäre das, geradezu ein Jammer.

Sag mal Hartwich, wie bist du eigentlich zu deinem zweiten Standbein als Prähistoriker gekommen, fragt Kinkel, das hat mich immer gewundert, du hattest doch den Lehrstuhl für Pharmakognosie inne, mit Schwerpunkt Toxikologie.

Da hatte wohl meine Frau und ihre Familie die Hand im Spiel …

Er kommt nicht weit mit seinen Erläuterungen, der Kolkrabe flattert aufgeregt auf Albert Heims Schulter, pickt auf sein Ohr ein, gefolgt von einer Schar Raben, die sich auf die Herrenrunde stürzt, krächzend, flatternd, hackend, bis das Kränzchen sich eiligst auflöst.

Da hat wohl nun meine Frau die Hand im Spiel, sagt Albert Heim und entfernt sich rasch vom Platz, im Schlepptau Carl Hartwich, den Fachgelehrten für Pharmakologie.

Lass uns gehen, sagt Albert, der Platz müsste längst geräumt sein, ich habe schmählich versagt in meinem Auftrag; die Ärztinnen brauchen Ruhe, um sich des armen Sängers annehmen zu können, wir stehen da nur im Wege. Unverzeihlich von mir, so ins Plaudern zu geraten, aber das Wiedersehen mit den Kollegen, die guten alten Zeiten, das Polytechnikum, nostalgisch zumute könnte mir da werden, schade dass so viele fehlen, der Einstein, den hätte ich gerne wiedergesehen, der hat doch glatt den Nobelpreis gewonnen, was für ein Genie, doch der ist in Übersee. Und Escher von der Linth ist auf der Hohen Promenade …

Ich bin eigentlich des verzweifelten Sängers wegen geblieben, sagt Hartwich zögernd, hätte da so eine Ahnung, was mit seiner unglücklichen Frau sein könnte, am liebsten würde ich ihn aufsuchen, ihm meine Hypothese zu dem Fall unterbreiten. Ich habe da so meine Zweifel, ob bei der Untersuchung diese Möglichkeit in Betracht gezogen wird.

Viel Glück, sagt Heim, bin mir nicht sicher, ob die drei Medizinerinnen dich vorlassen, inzwischen ist es ihnen gelungen den Unglücklichen abzuschirmen.

Tatsächlich hat Hartwich keine Gelegenheit sich einzumischen; als er den Arkadengang betritt, wird er mit einem scharfen Blick Maries und unmissverständlichen Gesten weggescheucht, er verzieht sich, bleibt aber hinter einer Säule verborgen stehen, um dem Geschehen zu lauschen.

Erneut steht Lorin Rede und Antwort, geht präzis auf jede einzelne der Fragen ein, die auf ihn niederprasseln. Als ihm schwindlig wird, betten ihn die Ärztinnen auf eine Bank. Während dieser unfreiwilligen Ruhepause einigen sie sich zur Verminderung der Hektik auf eine Verfahrensänderung. Eine jede soll dem Patienten ihre Fragen stellen und sich dann zurückhalten, um der Kollegin das Feld zu überlassen. Lorin atmet auf und beginnt von neuem.

Maries Fragen kreisen um Ilanas Tagesablauf, sie fragt nach Bewegung und gesunder Ernährung, fragt nach dem Speiseplan der letzten drei Tage. Ob sie denn auch genug Flüssigkeit zu sich nehme und ob sie Alkohol trinke. Aha! Alkohol. Wie oft denn? Was, jeden Abend? In welcher Menge denn, um Himmels Willen, und ob sich die Menge gesteigert habe mit den Jahren. Sie wisse schon, man habe heute einen leichtfertigen Umgang mit Alkohol, zu ihren Zeiten sei das Elend des Alkoholismus groß gewesen, insbesondere bei der einfachen Bevölkerung. Kontrollverlust, Streit, Gewalt, eheliche Zerwürfnisse, Unzuverlässigkeit an der Arbeit, Verlust der Arbeitsstelle, wie manche Familie sei am Alkohol zugrundegegangen, die Kinder hätten am meisten darunter gelitten, seien aber oft auch hineingeschlittert. Ob denn Ilana Sorgen habe, die sie im Alkohol zu ertränken versuche?

Lorin winkt ab, doch Marie beharrt auf dem Thema, die Symptome, die er geschildert habe, Schwindel, Unvermögen aufrecht zu stehen, Unansprechbarkeit, Lallen, Verwirrtheit, Halluzinationen, das alles passe zu einer Alkoholvergiftung, Muskelerschlaffung, Erbrechen, Bewusstlosigkeit, Koma. Hätte er sie nicht in den Notfall gebracht, wer weiß, es hätte tödlich enden können, Kreislaufversagen, Atemstillstand …

Aber der kardiologische Befund, der Puls sei ja extrem niedrig gewesen, ob denn eine Alkoholvergiftung nicht Herzrasen verursache … Und die Halluzinationen …

Vielleicht nehme sie ja außer Alkohol auch andere Suchtmittel zu sich, Drogen, womöglich beides gleichzeitig … In welchen Kreisen sie verkehre, Künstler seien besonders gefährdet, da sie einen verhängnisvollen Hang für allerlei Experimente hätten.

Lorin verneint, erwähnt dann aber doch die neuen Bekanntschaften, die sie gemacht, Aris vor allem, den Nachbarn mit dem Honigtopf.

Aris! Als hätte sie auf ein geeignetes Stichwort gewartet, übernimmt Wera, fragt Lorin nach ihrem Liebesleben, ob es sein könnte, dass Ilana sich verliebt habe in Aris. Ihre Wesensveränderung, die neuen Erlebnisse, das Unverständliche in ihrem Verhalten, die Entfremdung … Vieles deute auf einen Liebeskonflikt.

Nein, meint Lorin nach einigem Zögern, natürlich könne er, könne man generell nie ausschließen, dass … Aber nein, das erkläre ihre Zustände nicht. Ein Hilferuf, weil sie es ihm nicht anders mitteilen könne? Nein, auch das nicht, Wera kenne eben seine Eiche nicht.

Wera blickt vielsagend zu ihrer Mutter, Sophie Erismann-Hasse übernimmt. Es sei schon so, heftiges Verliebtsein bewirke so allerlei Verrücktheiten, sie habe das bei jungen Frauen des öfteren erlebt, gerade bei den russischen

Kommilitoninnen, selbst bei Männern, man denke nur an Dostojewskij, dennoch denke sie, dass es sich bei Ilana, die ja doch über einige Lebenserfahrung verfüge, um etwas anderes handle, etwas Tieferes vermutlich, das bis in die frühe Kindheit zurückreiche und sie in ihrem Innersten durcheinanderbringe, sodass sie bis in ihre Wurzeln erschüttert werde. Was er denn über ihr Verhältnis zu ihrem Vater wisse, ob da bei Aris etwas anklinge …

Lorin entfährt ein tiefer Seufzer, gleich wird Ödipus daherkommen, Elektra und die gesamte griechische Mythologie, die missbrauchte, die sich nicht zur Wehr setzen kann gegen Aneignungen aller Art. Ist es denn die Möglichkeit, Liebe, Hass, Schuldgefühle, Trauer, Aggressionen, Neid … Neurosenbildung infolge nicht vollständig überwundenen Ödipuskomplexes …

Lorins Aufmerksamkeit lässt nach, die Hoffnungen sinken. Doch nein, bemerkt er, ganz so rigide ist sie nicht, die Frau hat jahrelange praktische Erfahrung in der Arbeit mit Patienten am Burghölzli, wie sie ganz nebenbei bemerkt, Zusammenarbeit mit Bleuler und Jung … Sie mahnt, man müsse jeden Fall einzeln betrachten, den Verlauf beobachten, sich mit Ilanas Wahnwelt beschäftigen, man hüte sich vor blindem Aktionismus, manches löse sich durch den natürlichen Verlauf der Dinge.

Nicht gerade das, was Lorin hören will, den Dingen den Lauf lassen, könnte auch bedeuten, dass Ilana abstürzt, wie soll er da den Nerv haben, den Dingen ihren natürlichen Verlauf zu lassen.

Marie erfasst sein Abrutschen in die Hoffnungslosigkeit, übernimmt, fasst zusammen, drei Hypothesen, Suchtproblematik, Verwirrung durch akute Liebesproblematik, hysterisch bedingte Halluzinationen aufgrund eines nicht überwundenen frühkindlichen Konfliktes, Begleitung brauche sie, Verständnis, niederschwellige Überwachung, aber ohne Einengung. Was die Behandlung angehe, sei freilich guter Rat teuer, denn sie drei kämen ja dafür nicht in Frage. Ob er denn schon etwas unternommen habe, um eine geeignete Therapie einzuleiten.

Vorausgesetzt, Ilana sei mit einer Behandlung einverstanden, gibt Wera zu bedenken, die Zeiten seien vorüber, in denen Töchter aus gutem Haus von ihren Vätern in Behandlung gegeben würden, ganz abgesehen davon, dass Ilana ja keine junge, unerfahrene Frau sei, die ein behütetes Leben geführt …

Halluzinationen bei Alkoholabusus. Dem Suchtproblem solle er nachgehen …

Ihre Liebesbeziehung thematisieren, sachte und einfühlsam, Ilana zu Wort kommen lassen …

Den Dingen den Lauf lassen, sich mit ihren Halluzinationen befassen, ihr zuhören …

Der Karpfenteich wellt sich, die Pflastersteine auf dem Vorplatz biegen sich sanft, Wogen überall. Lorin schließt die Augen. Helenes Stimme, sie singt, sie singt für ihn, wiegt ihn in den Schlaf, nur das Singen werde ihm helfen, ihm und Ilana, wenn der Moment gekommen. Er werde es vielleicht brauchen. Wenn alles andere nicht mehr helfe, gebe es nur noch die Musik, den Gesang, den wunderbaren Gesang. Gesang vermöge Menschen zu rühren, sogar Götter, sogar die Unterwelt, die Rachegöttinnen, die wilden Tiere, die Pflanzen, die Bäume, die Steine, die Felsen, das Meer, den Sturm. Er sei in der Lage dazu, habe es ja selber erlebt, soeben, all die Tiere, die friedlich beieinander lagen, die Bäume, die sich ihm zuneigten, die Felsen, deren schroffen Spalten Tränen entsprangen, sogar die Menschen habe er zu rühren vermocht.

Ein Kälteschauer erfasst ihn, als er die Augen wieder öffnet.

Es kostet ihn Mühe aufzustehen, vorsichtig bewegt er seine Glieder, testet, ob er aufrecht stehen kann, ob seine Beine ihn noch tragen. Der Schwindel lässt nach.

Auf dem Weg zum Ausgang fällt ihm eine Gestalt auf, die ihm zu folgen scheint. Ein älterer Herr im dunklen Anzug, Seitenscheitel, Schnauz. Mehrmals dreht Lorin sich nach ihm um, verlangsamt den Schritt. Der Mann setzt sich auf eine Bank, verfolgt ihn danach wieder. Lorin bleibt bei einem Grabmal stehen, liest die Inschrift. Der Verfolger wirft ihm einen scheuen Blick zu, als er ihn überholt, biegt in einen Nebenweg ab, verschwindet aus dem Blickfeld.

Beim Ausgang begegnet er ihm wieder, hastig blickt der Herr um sich, geht dann auf Lorin zu und blickt ihm in die Augen, sein Blick leicht stechend. Hartwich, stellt er sich vor, Carl Hartwich. Er möchte nicht aufdringlich sein, das sei nicht seine Art, aber er habe da eine ganz andere Hypothese, was den Zustand seiner Gemahlin anbelange. Und er habe gute Argumente für seine Diagnose, habe er sich doch ein Leben lang mit Toxikologie befasst.

Er solle morgen zur selben Zeit wiederkommen, dann werde er ihm das Ganze Schritt für Schritt erläutern und belegen. Um ganz sicher zu sein, brauche er aber die Nacht, um letzte Fragen zu klären. Auch würde er gerne noch mit Kollege Heer Rücksprache halten. Ein seltener Fall von Vergiftung, dennoch seit alters bekannt. Ob er wohl ein Exemplar von Xenophons *Anabasis* auftreiben könne, das wäre hilfreich. Oder die *Naturalis historia* von Plinius. Aber Xenophon wäre eindrücklicher als Anschauungsmaterial. Und jetzt solle er sich ausruhen, damit er morgen in der Lage sei, seinen Ausführungen zu folgen.

Verwirrt macht Lorin sich auf den Weg nach Hause.

Er findet Ilana auf dem Fußboden, unansprechbar, betrunken, schlimmer als beim vorigen Mal.

Unsteter, irrender Blick, entglitten in eine andere Welt. Übelkeit. Brechen. Schweißausbrüche. Schwacher, niedriger Puls, kaum mehr erfassbar. Bewusstlosigkeit.

19 Dunkle Beeren

Bald wüssten sie mehr, sagt Lorin, noch heute, einige wenige Stunden seien abzuwarten, dann werde er im Sihlfeld den Toxikologen treffen. Hartwich habe ihm eine klare Diagnose in Aussicht gestellt ... dann werde er endlich wissen, was zu tun.

Wehe den Hoffenden ... nicht zu viele Hoffnungen machen, zu hohe Erwartungen leicht enttäuscht.

Er habe aber den Eindruck gewonnen, dass Hartwich eine präzise Hypothese habe, die er einer weiteren Überprüfung unterziehen wollte, es handle sich um einen Wissenschaftler, einen ETH Professor für Toxikologie, wenn er richtig verstanden habe.

Einen längst verstorbenen ...

Ja, er sei schon mehr als hundert Jahre nicht mehr an der ETH, also müsse er wohl verstorben sein. Das spreche nicht grundsätzlich gegen seine Kompetenz, toxikologisches Wissen sei eine alte Disziplin, man denke an Attalos, den König von Pergamon, oder Mithridates, den König von Pontos, schon die hätten ausgiebig mit Giften experimentiert, sei es um andere umzubringen, sei es, um sich vor Giftanschlägen des Gegners zu immunisieren.

Nicht zu vergessen Kleopatra, herausragende Expertin auf diesem Feld.

Ja richtig, Kleopatra, auch sie habe sich intensiv mit den Wirkungen verschiedener Gifte befasst. Aber nicht nur Regenten, die sich vorsehen wollten, auch Mediziner wie Dioskurides, Celsus oder Galen hätten sich dafür interessiert, ob Gift oder Heilmittel sei schließlich oft nur eine Frage der Dosis. Tollkirschen, zum Beispiel, Atropin ... Gift und Antidot zugleich.

Tollkirschen … Woher denn Tollkirschen, etwa vom täglichen Früchteteller?

Lorin mustert den Teller, auf dem sich ungewöhnlich wenige Früchte befinden und obendrein lieblos hingeworfen, von Ordnung keine Rede, von Komposition schon gar nicht.

Nur noch sieben! Keine dunklen Akzente, weder Brombeeren noch Heidelbeeren …

Lorin zuckt schuldbewusst die Schultern, ich weiß … Die Aufregung der letzten Tage, der Schreck, aber ich verspreche, wieder besser darauf zu achten, sobald sich die Umstände …

Ersatz suchen …

Ersatz? Ersatz niemals.

Manchmal unumgänglich …

Undenkbar. Nichts lässt sich ersetzen, schon gar nicht eine Eiche.

Zeit für Neues … Zitrusfrüchte, Orangen, Mandarinen. Kumquats. Auch Kakis möglich. Physalis. Zudem natürlich Äpfel, eine immerwährende Option. Blaue Trauben als dunkler Kontrast, anstelle der Brombeeren.

An Stelle? Nichts lässt sich ersetzen, niemals, nicht einmal eine Brombeere.

Dann eben anstatt.

Statt heißt Ort, Stelle, Platz. Werkstatt. Heimstatt. Bettstatt. Richtstatt. Statthalter. Stellvertreter. An Stelle, an Statt – dieselbe Bedeutung. Schlimmer noch. Statt weckt Assoziationen an die letzte Statt. Grabstätte, bestatten, Bestattung …

Zeit des Leidens. Passion. Passionsfrüchte des unvergleichlichen Aromas wegen. Nach kurzer Blütezeit unvergessliche Früchte …

Abgelehnt.

Eine Drachenfrucht vielleicht, vom Geschmack her kaum ergiebig, die Konsistenz saftlos im Vergleich zur Frucht der Passion, optisch jedoch ein Blickfang mit ihrem weißen, schwarz gepunkteten Innenfleisch, lustig anzusehen und angenehm zum Rüsten. Die wächsernen, roten Hautschuppen …

Nein, keine Drachenfrucht. Keinesfalls jetzt. Geradezu unerträglich. Weißes Fleisch mit schwarzen Punkten, in Würfel geschnitten, kleine Würfel. Würfel des Schicksals zum Frühstück …

Dann eben eine Papaya. Jedenfalls darf er sich nicht so gehen lassen, nicht aufgeben. Ist es ihm denn nicht aufgefallen? Einst zwölf, nun noch sieben. Bald die letzte, dann das Nichts …

Dreamy State. Nun, da Ilana im Spital, die einzige Möglichkeit sie hier so um sich zu haben.

Warum nur hat er es nicht bemerkt. Das Schwinden. Die Gefahr.

Doch, er hat es bemerkt, Ilanas Veränderung, ihre Schwächeanfälle, ihre ungesund bleiche Gesichtsfarbe, das allmähliche Verblassen.

Lorins Blick fällt auf den Honigtopf, Honig aus der Türkei, bernsteinfarben funkelnd, das Glas noch gut zur Hälfte gefüllt.

Alles begann mit dem Auftreten von Aris, mit seinem Honigtopf, durch den er Ilana den Kopf verdreht.

Aber nein, er muss sich diesen Aris aus dem Kopf schlagen, Nebenkriegsschauplatz, wenn überhaupt … ein Hirngespinst, eine Obsession, die ihn ablenkt vom wirklichen Problem, viel zu lange hat er sich damit aufgehalten, statt ernsthaft nach der Ursache des Unheils zu suchen.

Ein Auf und Ab. Immer wieder hat er Hoffnung geschöpft, wenn es ihr wieder besser ging, es als vorübergehendes Malaise abgetan. Doch abgesehen von diesen Schwankungen hat sich ihr Zustand stets verschlechtert.

Im Krankenhaus nun.

Ihr Zustand als kritisch betrachtet.

Die Untersuchungen laufen.

Matt, spricht kaum mehr.

Selbst wenn er ihr im Dreamy State begegnet

wie eben vorhin am Frühstückstisch,

erscheint sie nur schemenhaft

als Schatten dessen,

was sie einst war …

Manchmal kommt es ihm vor,

als wollte sie ihn vorbereiten auf ein

Danach …

Drachenfrucht.

Die Würfel des Schicksals geworfen …

20 Transit

Lorin springt auf, lässt alles stehen, wirft sich den Mantel über. Hartwich. Er hat ihm eine Diagnose versprochen. Noch ist ungewiss, was die Augen des Würfels anzeigen. Noch ist alles möglich.

Kaum aus dem Haus, bemerkt er, dass er das Buch vergessen hat, Xenophon, Anabasis, Hartwich hat ihn gebeten, es mitzubringen. Noch einmal zurückgehen und wertvolle Minuten vergeuden? Wenn er nur auf die genaue Zeit geachtet hätte, als Hartwich ihn beim Ausgang des Friedhofs Sihlfeld angesprochen hat. Morgen zur selben Zeit … Womöglich ist er spät dran, das Risiko einer Verzögerung will er unbedingt vermeiden.

Auf der Straße begegnet Lorin dem Vorarbeiter, der im Begriff ist, die Baracke zu betreten. Lorin kann nicht anders, muss ihn im Auge behalten. Er folgt einem unbestimmten Gefühl, der Bauleiter, eine Anmeldung … Wäre es gar möglich, dass … Ilana? Kaum. Aber ein *Kaum* genügt ihm nicht, er braucht Sicherheit. Ja, der Mann setzt sich auf den Stuhl und wählt eine Nummer, vor ihm ein Stapel Papiere. Warum spricht er diesmal so leise, verdammt noch mal, man kann ihn kaum verstehen. Nur Fetzen dringen an Lorins Ohr. Voranmeldung … Wohl erst in den nächsten Tagen fällig … Vorläufig im Transit … Abwarten, bis alles klar …

Den Namen, schreit Lorin noch während er die Tür aufreißt, um wen geht es? Ich muss es wissen, sofort.

Der Bauleiter schreckt zusammen, schnellt auf, schaut ihn entgeistert an. Was er sich erlaube, hier einzudringen.

Lorin springt ihm an die Gurgel, den Namen, schreit er, sag mit den Namen oder ich bring dich um.

Mit einem kräftigen Stoß befreit sich der Bauleiter von Lorins Umklammerung, greift nach dem Telefon auf dem Tisch.

Keine Polizei, fleht Lorin, nun plötzlich zahm, es gehe um Leben und Tod. Jede Minute entscheidend. Er müsse wissen, was mit seiner Frau sei, und wo sich dieser Transitraum befinde, noch bestehe Hoffnung. Man dürfe doch nicht vorgreifen. Niemand habe ein Recht dazu.

Der Bauleiter schüttelt den Kopf. Er sei wohl von Sinnen, ob er unter Drogen stehe.

Wer die Person sei, die sich im Transit befinde, er habe doch soeben telefoniert, jemanden angemeldet, provisorisch.

Person? Keine Person, sagt der Bauleiter, schüttelt den Kopf. Um Baumaterial sei es gegangen, Rohre, Material, das sie dringend bräuchten. Es stecke fest im Transit, der Bauleiter wedelt mit den Papieren, Probleme an der Grenze. Und nun sei in den nächsten Tagen eine weitere Ladung fällig. Er habe beim Zollamt die Lieferung schon einmal vorangemeldet, damit es diesmal reibungslos vonstatten gehe. Sie seien ohnehin schon im Verzug.

Lorin wirft einen Blick auf die Papiere, die verstreut auf dem Tisch liegen, Zollformulare, Materiallisten, Bauskizzen, Einsatzpläne, so weit er das erkennen kann. Was aber ist mit dem Papier, das gefaltet auf dem Tisch liegt, der Mann hat sein Telefon wohl mit Absicht darauf gelegt.

Der Bauleiter steht auf und weist auf die Türe. Er habe keine Zeit zu verlieren. Die Arbeit erledige sich nicht von selbst.

Wo sich der Transitraum befinde, fragt Lorin beharrlich, bekommt statt einer Antwort nur unmissverständlich abweisende Blicke. Wie man sich dort Eingang verschaffe. Lorins Bitten vergeblich.

Der Mann schüttelt den Kopf, energischer nun, greift erneut nach seinem Telefon.

Gegen den muskulösen Bauarbeiter hat er keine Chance, ein Herakles müsste man sein, um den zu überwältigen, auf Gesang ist er wohl auch nicht ansprechbar. Nicht einmal Orpheus persönlich würde bei dem etwas ausrichten können, oder doch?

Der Mann dreht sich ab, tippt eine Nummer. Schlechte Ausgangslage. Jetzt nur weg. Grußlos verlässt Lorin die Baracke, ein eleganter Abgang ist ohnehin nicht mehr möglich.

Die Sache, um die es gegangen, das Material, befinde sich an der Grenze. Material. Menschenmaterial. Vergeblich ist er dem Mann an die Gurgel gesprungen, er hat sich nicht ausquetschen lassen. An der Grenze … Grenze zur Unterwelt. Aber wo ist der Eingang. Es gibt wohl mehrere, transitorische Eingänge, bewacht durch die Kranosaurier. Das Josefsareal. Da war bestimmt ein solcher Eingang, jetzt aber versiegelt. Und der Transitraum? Das Krankenhaus? Die Aufbahrungshalle? Er muss auf dem schnellsten Weg ins Krankenhaus. Ilana.

Nur kurz lässt man ihn zu Ilana vor. Der Zustand sehr ernst, wird Lorin beschieden. Koma. Noch wisse man nicht, was die Ursache.

Die Nacht verbringt Lorin im Krankenhaus, man hat es dem Verzweifelten erlaubt. Irgendwann nach quälenden Stunden muss er eingeschlafen sein.

Die Verabredung mit Hartwich hat er nun definitiv verpasst. Aber ob der ihm hätte helfen können. Es ist vielleicht zu spät. Ilanas Zustand unverändert. Im komatösen Schlaf sieht sie aus, als wäre sie schon nicht mehr da.

Transit. Transit. Transit.

Zu spät.

Lorin hält es nicht mehr aus, stürzt aus dem Zimmer, verliert sich in langen Korridoren. Wohin?

Die Hoffnung nicht aufgeben. Niemals.

Aber ist die Hoffnung nicht das ärgste aller Übel. Die schlimmste Gabe aus der Büchse der Pandora. Vielleicht. Aber immerhin eine Gabe.

21 Granat und Bernstein

Irgendwie hat Lorin es zu früher Morgenstunde, da noch kein Tram fährt, vom Krankenhaus nach Hause geschafft, zu Fuß, bis zum Sofa im Wohnzimmer. Wenige Stunden Schlaf …

Jetzt sitzt er am Tisch, allein, obwohl wie immer für zwei gedeckt. Ein einziges Gedeck auf diesem Tisch – er würde es nicht ertragen. Auf der Schieferplatte kein Fruchtgemälde. Nur das Töpfchen mit dem türkischen Honig und ein Teller mit einem Granatapfel.

Mattgold der Apfel, mit einem kräftigen Einschlag ins Rote.

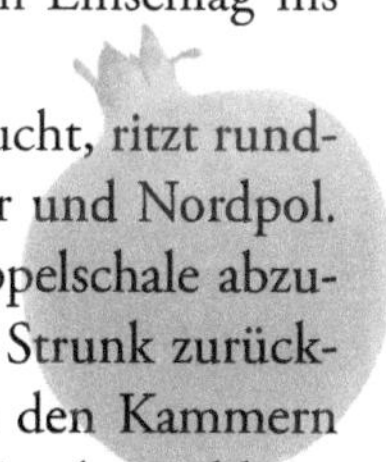

Lorin setzt ein scharfes Messer an die Frucht, ritzt rundherum einen Breitenkreis zwischen Äquator und Nordpol. Dann macht er sich daran, die ledrige Kuppelschale abzuziehen. Er entfernt die weiße Haut, die im Strunk zurückgeblieben, und ritzt die verbliebene Schale den Kammern entlang bis zum Südpol. Jetzt lässt sich die Frucht problemlos auseinanderbrechen, sternförmig liegt sie vor ihm, die rotfunkelnden Granatsteine verführerisch schimmernd.

Geheimnisvoll das Innere der Frucht, Lorin rührt keinen der Kerne an. Können sie ihm einen Hinweis geben?

Grabesfrucht. Beigabe für die Verstorbenen. Unterweltspeise. Sechs Kerne genügten, die von Hades entführte Persephone an die Unterwelt und deren Herrscher Hades zu binden. Macht liegt in dieser Frucht. Paradiesapfel, mit dem Eva Adam verführt. Apfel der Erkenntnis. Reichsapfel. Symbol der Regentschaft. Symbol der Schönheit, Göttinnen wie Astarte oder Venus zeigen sich mit ihm. Zankapfel. Der Schönsten, hieß es auf dem goldenen Apfel, der zunächst

Streit zwischen drei Göttinnen, dann den trojanischen Krieg auslöste. Machtvoller Apfel. Kräfte werden ihm zugeschrieben. Potenz. Fruchtbarkeit. Medizinische Heilkräfte soll er fördern durch seinen Reichtum an Polyphenolen, das Immunsystem stärken, den Cholesterinspiegel senken, den Blutdruck, sagt man.

Fast jeden Tag haben sie von dieser Frucht gekostet, nicht der Heilkräfte wegen, das wunderbare Aroma und die unvergleichliche Schönheit machen sie für das Fruchtgemälde unverzichtbar. Schönheit an einem Tag wie heute? Gerade heute. Heute aber der magischen Kräfte wegen.

Es kann doch nicht sein, dass die Granatkerne Ilana geschadet haben, hat er doch im selben Maße davon gegessen. Interaktion zwar von Granatapfelsaft mit Statinen und Blutverdünnern … Aber das bisschen Aspirin Cardio, das Ilana einnimmt … Verschiedene Medikamente weniger gut abgebaut … Toxische Mengen angereichert …

Eine präzise Diagnose wollte Hartwich zur Diskussion stellen. Hartwich. Toxikologe. Ihn müsste man fragen können, den Spezialisten.

Vielleicht liegt es ja gar nicht an den Granatapfelkernen, warum auch, seit Jahren essen sie davon. Warum sollte plötzlich jetzt eine schädliche Interaktion auftreten.

Neu dagegen der Honig. Seit Jahren essen sie Honig zum Frühstück, verschiedene Sorten, Kastanien, Eukalyptus, Lavendel, Waldhonig, aber nicht diesen. Türkischer Honig, sagte Ilana, eine Gabe von Aris, dem Nachbarn. Er nimmt den Topf in die Hände, hält ihn gegen das Licht. Farbe des Bernsteins. Wunderschön. Bernstein und Granat, seit jeher verwendet für Schmuck. Bernstein besonders begehrt, wenn er Fossilien umschließt, kleine Teile von Tieren oder Pflanzen. Der flüssige Bernstein im Honigglas tut dies nicht, zum Glück.

Fossiles Harz. Ausgeschwitzte Tränen der zu Pappeln verwandelten Heliaden, die um ihren Bruder Phaethon trauern. Im brennenden Sonnenwagen ins Meer gestürzt, der Weltenbrand nur knapp verhindert. Ganze Regionen in Wüsten verwandelt. Phaethon tot, der Wunsch, den göttlichen Sonnenwagen zu fahren fatal. Nicht Hybris. Verzweiflung, weil seine Abstammung vom Sonnengott in Zweifel gezogen …

Verlust eines geliebten Wesens durch Tod. Manchmal nicht zu ertragen, auch nicht, wenn man sich nach Kräften darum bemüht. Die Schwestern gehen über in einen anderen Zustand. Pappeln. Tränen hervorbringende Pappeln. Bernstein.

Wäre es möglich, dass er Ilana verlieren könnte dieses bernsteinfarbenen Honigs wegen. Nicht symbolisch, nicht wegen Aris, sondern physisch, durch Tod. Vergiftet durch Honig.

Erneut hebt er das Glas gegen das Licht. Nichts Verdächtiges auszumachen. Er öffnet den Deckel, riecht am Honig. Es riecht, wie eben Honig riecht, eine Spur bitter, Kastanienhonig? Auf dem Glas kein Etikett. Nicht beim Großhändler gekauft, auch nicht im kleinen Geschäft des Türken im Quartier. Aris. Wohl aus seinen Ferien mitgebracht, selbst geimkert von einem Freund oder Verwandten.

Er taucht einen Finger in den Honig, leckt ihn ab. Honig, wie er ihn liebt, dickflüssig, herbsüß, mit leichter Bitternote, im Abgang sogar etwas brennend in der Kehle. Schmeckt gut, kein Wunder, dass der Topf schon zur Hälfte geleert. Einen Teelöffel noch, dann verschließt er das Glas.

Sein Blick fällt auf die Manschette seines Hemdes. Ein Blutfleck! Verletzt beim Aufschneiden des Granatapfels? Das

Messer scharf. Tötungswaffe. Er schiebt den Ärmel hoch. Keine Verletzung. Oder doch? Eine Verletzung der Granatkerne. Nur das. Vorerst. Ein Spritzer muss unbemerkt auf sein Hemd gelangt sein. Blut des Granatapfels. Vorerst.

Fleck … Rot … Erinnerung für alle Ewigkeit. Saft von Granaten zum Färben von Textilien, von Teppichen. Seit Urzeiten.

Punica granatum.

Einem plötzlichen Drang folgend springt er auf. Zum Friedhof. Jetzt sofort. Vielleicht ist es ja doch noch nicht zu spät. Kaum auf der Straße, eilt er zurück ins Haus.

Xenophon.

Diesmal nicht ohne das Buch.

Wer weiß …

Vielleicht der Schlüssel für ein Treffen mit Hartwich.

22 Lichter

Wenn Lorin auch nicht weiß, wann genau die Verabredung mit Hartwich hätte stattfinden sollen, so weiß er doch mit Sicherheit, dass er sie verpasst hat. Der Zwischenfall bei der Baracke, die Nacht im Krankenhaus, die wenigen Stunden Schlaf auf dem Sofa. Die sinnlose Trödelei mit Bernstein und Granat.

Er sieht sie vor sich, Ilana, regungslos an Schläuchen …
Transit. Transit. Transit.
Zu spät.
Nicht aufgeben.

Es besteht eine berechtigte Hoffnung, dass Hartwich ihm eine zweite Chance gewährt. Vielleicht kommt er ja noch einmal zur verabredeten Uhrzeit, einen Tag später. Und diesmal hat Lorin zur Verstärkung seiner Hoffnung Xenophon mitgebracht.

Im Eingangsbereich des Friedhofs setzt er sich auf die steinerne Bank neben dem Brunnen mit der liegenden Frau. Von hier, unmittelbar neben der Stelle, wo er mit Hartwich gesprochen, hat er den Überblick. Xenophons Anabasis, zweisprachig, gut sichtbar in seinen Händen. Diesmal darf er sich keinen Fehler leisten. Zweite Chance. Falls überhaupt …

Später Nachmittag. Ungewöhnlich viele Besucher auf dem Friedhof, die meisten mit Blumen. Kein Hartwich. Ob er die zahlreichen Menschen scheut, die plötzlich den sonst ruhigen Ort in Beschlag nehmen. Immer mehr Menschen strömen durch den Eingang, obwohl das Wetter ziemlich stürmisch, nicht kalt zwar, aber unangenehm wegen der heftigen Windstöße.

An all den Tagen, die Lorin auf dem Sihlfeld verbracht, gab es nie einen derartigen Aufmarsch. Erst nach längerem Warten die Erkenntnis, dass es am Datum liegt. Der erste Tag im November. Totenfeiern. Halloween. Allerheiligen. Allerseelen. Die Gestecke, die Lichter auf den Gräbern. Tag des Gedenkens der Toten. Darum die Angehörigen, die den Friedhof aufsuchen, um mit ihren geliebten Verstorbenen Zwiesprache aufzunehmen. Es heißt, der Friedhof sei zu diesen Zeiten nicht nur von Besuchern beseelt …

Ein Windstoß treibt Blätter vor sich her, jagt sie erbarmungslos, nur kurz lässt er sie auf dem Boden ruhen, bevor er mit gesteigerter Heftigkeit jäh in den Haufen fährt, die Blätter in einem Wirbel in die Höhe schleudert, wo sie einen Moment regungslos in der Luft schweben, bevor eine Kraft sie unweigerlich erneut nach unten zieht. Lorin wird von einem plötzlichen Taumel erfasst. Kurze Schwindelattacke. Vorbei.

Hartwich könnte unterwegs sein, am heutigen Tag womöglich nicht nur von Lorin wahrgenommen werden. Was also, wenn auch er Besucher empfängt. Wird er sich dann nicht eher in der Nähe seines Grabmals aufhalten? Vielleicht wandelt er gar mit seinen Besuchern durch den Park. Ob tote Seelen den Wind fürchten … Er könnte sie vor sich her scheuchen, in die Luft schleudern, warten, bis sie wieder herunterflattern, um sie erneut zu jagen. Besser wäre es dann, den Schutz der Grabstätte nicht zu verlassen.

Vergebliches Warten.

Lorin macht sich auf, nach dem Grabmal Hartwichs zu suchen, auch, weil es nicht sonderlich bequem ist auf der steinernen Bank, er sich erneut schwindlig fühlt und Bewegung braucht. Kreislaufprobleme. Zu wenig Schlaf. Eine schlimme Nacht. Am erfolgversprechendsten, schätzt Lorin, ist es wohl, Hartwichs Grab im ältesten Teil der Friedhofsanlage zu suchen, ein Familiengrab vermutlich.

Er streift durch das zentrale Areal, vier symmetrisch angelegte Felder mit je einem mächtigen Baum als Mittelpunkt. Blutbuchen?

Aha! Karl Culmann, Professor am Polytechnikum, nicht weit von ihm Gottfried Kinkel, auch er Hochschulprofessor. Haben die würdigen Gelehrten etwa ein akademisches Viertel, wo sie unter sich sind? Das wäre ihnen zuzutrauen. Nein, es ist offenbar ziemlich gemischt. Jedenfalls sind hier die Hürlimanns zu finden, Bierbrauerdynastie. Auch keine schlechte Nachbarschaft … Ah, das Familiengrab der Bürkli, Arnold Bürkli und zahlreiche andere Bürkli, nur der Karli fehlt, dem er an dieser Stelle begegnet. Irgendwo hier in der Nähe könnte es sein …

Zurück zum zentralen Kreuzungspunkt der vier Areale, von da kann er sich besser orientieren. Schräg gegenüber vielleicht? Eine großzügige Anlage mit mehreren Grabsteinen. Auf der Suche nach einer Inschrift richtet er den Lichtstrahl seines Mobiltelefons auf das zentrale Monument, leuchtet direkt in ein Gesicht, rücksichtslos, entschuldigt sich bei Herrn Adelrich Beyer für seine Unhöflichkeit. Ein Bildnismedaillon. Beyer. Die Uhrendynastie? Nein, da ist er falsch.

Noch einmal zurück zum Kreuzungspunkt. Er nimmt sich vor, diesmal systematisch vorzugehen. Vorbei an der stattlichen Grabanlage der Familie Steinfels, Richtung Friedhofsmauer. Am seitlichen Weg entlang der Mauer sind doch ebenfalls viele berühmte Gräber … Vielleicht da? Sieh an, Jelmoli, ganz nahe bei den Steinfels. Und hier ist es ja, das Familiengrab der Hartwich, noch vor dem Mauerweg.

Nicht allzu viele Leute hier, gute Voraussetzung für eine Begegnung.

Lorin sieht sich aufmerksam um. Keine Spur von dem Gesuchten, auch kein Besucher an seinem Grab. Er muss sich gedulden, schließlich ist er es ja, der zu spät kommt, nicht nur die akademische Viertelstunde, sondern einen ganzen Tag. Bei jedem Geräusch von Schritten prüft er die Entgegenkommenden. Unangenehm. Es wird bestimmt schon auffallen, wenn er hier so lange herumsteht, aber wer sollte ihn schon beachten. Ein paar Schritte Richtung Mauer, um nicht steif zu werden vom Herumstehen. Der Schwindel hat auch nicht nachgelassen, der unermüdliche Wind scheint ihn noch zu verstärken. Den Rücken spürt er, Übelkeit …

Ah, hier ist ja das Familiengrab der Spyri. Frische Blumen am Grab. Zum Gedenken an Johanna? Vielleicht gelten die bunten Blumen dem Heidi. Von Hartwich auch jetzt keine Spur. Lorin beschließt, sich noch einmal an die verabredete Stelle beim Eingang des Friedhofs zu begeben. Womöglich wartet Hartwich dort auf ihn.

Erneut setzt er sich mit seinem Begleiter Xenophon auf die steinerne Bank, schlägt das Buch auf, liest ein paar Zeilen: Xenophon, junger Aristokrat aus Athen, begleitet griechisches Heer im Sold des ehrgeizigen achämenidischen Prinzen Kyros nach Mesopotamien und zurück. Auf dem Hinweg marschiert Xenophon als Kriegsberichterstatter, auch er im Sold des persischen Prinzen, auf dem Rückweg, nachdem sämtliche Heerführer der Griechen niedergemacht, als einer von zwei Kommandanten des Söldnerheers. Der Aufstand des Kyros gegen seinen herrschenden Bruder schmählich gescheitert, die Schlacht verloren, Kyros bezahlt mit dem Leben. Der lange Marsch von Babylon Richtung Heimat verlustreich und quälend, Gefechte, Hitze, Kälte, Hunger …

Lorin blickt von seiner Lektüre auf, sucht mit den Augen nach Hartwich. Würde er den Professor überhaupt wiedererkennen? Was, wenn er anders erscheint als gestern, jünger, vielleicht mit Freizeitbekleidung? Zum Glück hat er Xenophon als Begleiter, gut sichtbar, Hartwich hätte es sonst als Desinteresse missdeuten können, wäre womöglich an ihm vorbeigegangen, ohne sich bemerkbar zu machen.

In groben Zügen kennt Lorin das Werk, gleichwohl, oder gerade deswegen, will ihm nicht in den Kopf, was der Zug der Zehntausend mit Ilanas Zustand zu tun haben könnte.

Auch auf der Bank ist er nicht allein. Ob die anderen gleichfalls auf jemanden warten. Was, wenn Hartwich eben jetzt durch die Reihen der Gräber streifte auf der Suche nach Lorin. Wo würde er ihn am ehesten vermuten. Wahrscheinlich beim Krematorium.

Es beginnt bereits zu dunkeln. Erster November. Die Tage kurz. Ihnen bleibt nicht mehr viel Zeit …

Beim Krematorium setzt er sich im Arkadengang auf die Bank, auf die ihn neulich die Ärztinnen gebettet. Wieder schwindlig, schlimmer noch als damals. Vielleicht lässt sich ja eine der drei Medizinerinnen blicken, Hartwich könnte sich bei ihnen gemeldet, ihnen eine Nachricht hinterlassen haben. Oder Helene …

Als er erwacht, ist es dunkel. Der Rücken steif, die Bank nicht als Schlafplatz gedacht. Schnell nach Hause. Nach Hause? Ohne Ilana ist zu Hause kein Zuhause. Höchstens im Dreamy State, aber den kann er nicht willkürlich herbeirufen, noch nicht. Immerhin scheint ihm, er könne ihn beeinflussen, fördern, dass er sich ausbreitet, wenn erste Anzeichen sich bemerkbar machen.

Ein Leben im andauernden Traumzustand. Eine Option … Eine Möglichkeit mit Ilana zusammen zu sein, auch wenn sie …

Lorin erschrickt. Nicht so denken. Noch ist Hoffnung. Hartwich.

Steifigkeit der Glieder. Ein paar Gymnastikübungen … Er schwankt. Lieber ein paar Schritte gehen. Das Gehen hilft gegen die Rückenschmerzen, nicht aber gegen Übelkeit und Schwindel. Zum Glück gleich nebenan die Toilette.

Von den vielen Besuchern des späten Nachmittags keiner mehr da. Kein Wunder, wer will schon die Nacht freiwillig auf dem Friedhof verbringen. Selbst an einem ersten November … Es sei denn unfreiwillig.

Bereits nach neun Uhr … Muss wohl erneut eingeschlafen sein. Womöglich der Friedhof abgesperrt in der Nacht, war nicht vor einiger Zeit die Rede davon, den Friedhof nachts zu schließen … Maßnahme gegen Lärm und Littering. Parties in der Nacht. Lärmbelästigung. Saufgelage. Müll.

Er torkelt zwischen den Gräbern hindurch. Nicht leicht, sich zu orientieren im Dunkeln. Kleine Lichtlein auf Gräbern, Locklichter … Verweilen. Flüstern allüberall. Nein, kann nicht sein. Halluzinationen. Hartwich suchen. Im alten Teil. Trotz Dunkelheit. So schwierig nicht, das Grab wiederzufinden.

Dennoch. Längeres Irren. Dann endlich der gesuchte Ort. Zur Sicherheit das Telefon. Lichtstrahl auf das Grab, ja richtig, Familie Hartwich. Das Grab verlassen. Löscht die Taschenlampe, unanständig, den Lichtstrahl so direkt auf eine Grabstätte zu richten. Blendet.

Was nun?

Etwas weiter entfernt, bei der Kreuzung, gedämpftes Licht. Muss bei den Steinfels sein … Heute schon mehrfach an ihrer Wohnstätte vorbeigekommen. Felsblock in der Mitte, zwei Mauern im Halbrund, eingelegte Grabplatten. Windgeschützte Nische. Ein Treffen. Mehrere Gestalten. Wortfetzen. Dezente Musik. Besucher? Bewohner? Fröhliche Runde, man raucht, trinkt Bier. Ob er sich dazusetzen darf, ihm ist so elend … Bräuchte dringend Hilfe. Fürsorge. Kühle Novembernacht, dennoch Schweißausbrüche, kann sich kaum mehr auf den Beinen halten, fühlt sich schwach, möchte nur noch liegen. Allein nicht zu schaffen bis dorthin. Jemand stützt ihn, geleitet ihn behutsam Schritt für Schritt. Gewiss der Amberger Engel. Der Kolkrabe hatte recht, eine freundliche Chimäre, nicht auf der Jagd nach Beute. Der Engel bettet ihn bequem auf den Boden im geschützten Halbrund, setzt ihn halb aufrecht gegen die Mauer. Die Steinfels haben Gäste geladen, sie unterhalten sich halblaut. Illustre Gäste, die Grieders, die Beyers, Jelmoli, die Hürlimanns von nebenan, die haben wohl das Bier mitgebracht. Man kennt sich, lacht, tauscht sich aus. Der Engel kümmert sich um ihn, reinigt sein Gesicht mit einem Tuch, unermüdlich … aus seinem Mund tropft Speichel.

Hürlimann bringt ein Bier, der Engel schüttelt den Kopf, weiß wohl, dass Lorin jetzt nicht imstande, zieht ihn beiseite, schützt ihn vor Gesellschaft, schützt die Festgesellschaft vor ihm …

Undeutliche Gestalten, im Kreis drehend. Tanz bei den Steinfels … Totentanz. Schwankendes Kerzenlicht. Riesige Uhr, vom Baum herabbaumelnd, Treffpunktuhr, Beyer. Nur mit größter Mühe bewegt sich der Zeiger vorwärts, kriecht im Kreis herum, im Kreis herum, immer im Kreis herum, bis ihm schwindlig …

Eine Gruppe weiterer Gäste. Gesellschaft im Schein einer Laterne. Kreis. Im Mittelpunkt ein Mann mit Hut. Breitkrempig. Der Hut redet und redet, es nimmt kein Ende, man lässt ihn sprechen. Spricht über die Gastgeber, die Steinfels, ehemals Volmar …

In der Luft ein strenger Geruch. Von der Seifensiederei Steinfels. Oder von Lorin? Die Übelkeit. Erbrochenes. Ein Tuch. Kaltes Wasser. Der Engel wäscht ihn ab, eine zweite Frau trocknet ihn mit einem Tuch. Seide. Grieder. Frau mit dem Tuch aus dem Hause Grieder. Der Amberger Engel, Nachbar der Grieders. Noble Adressen bei Seiden Grieders, nicht nur auf dem Friedhof. Fraumünsterstraße, Peterhof. Paradeplatz …

Vom Engel besprengt. Weihrauch. Wohlriechende Essenzen. Gegen den strengen Geruch. Parfum. Von Jelmoli, sagt der Engel zur Seidenfrau.

Guglielmoli … Erstes Warenhaus in Zürich. Glaspalast. Ein Hauch Paris im Städtchen an der Limmat …

Die Gründung der Seifenfabrik am Hirschengraben fast gleichzeitig wie Jelmoli, sagt der Hut, der Aufstieg mühevoll. Henkersfamilie Volmar. Nach Jahrhunderten ein Arzt. Aufstieg erfolgreich. Namensänderung mit Bewilligung von ganz oben. Metzger. Seifensieder. Saubermacher. Vom blutigen Geschäft zum reinlichen …

Beyer schlägt sie alle. Ältestes Uhrengeschäft der Welt. In der Schweiz seit 1822. Erstes Geschäft in Zürich, Niederdorfstraße/Limmatquai. Umzug in exquisiten Prunkbau

Alfred Eschers … Neu gegründete Kreditanstalt. Orell Füsslihof an der Bahnhofstraße. Bis heute Bestand in achter Generation …

Eisiger Wind bläst den Unternehmern ins Gesicht. Längst in anderen Händen. Aufgekauft. Hürlimann. Feldschlösschen. Carlson. Stillgelegt die Seifenfabrik. Heute Henkel. Produktion in Wetzikon. Jelmoli wird es an der Bahnhofstraße nicht mehr lange geben. Seiden Grieder? Luxusraschelnder Name, weiterhin bestehend. Tradition erwünscht. Besitzer längst ein anderer …

Beyer bescheiden, trotz Triumph. Wer anderen hilft, dem wird geholfen …

Auf zu Beyers! Der Hut entfernt sich. Geräusche auf dem Kiesweg, die Gesellschaft macht sich auf zu Beyers, ganz in der Nähe …

Ruhe.

Letztendlich gleich für alle. Freundliche Nachbarschaft im Sihlfeld. Angenehme Treffen am ersten November. Partylaune. Großzügige Hilfsbereitschaft selbst Fremden gegenüber. Am freundlichsten der Amberger Engel. Ganz eindeutig ein weibliches Wesen. Weich und wohlriechend. Geboren im 19. Jahrhundert. Am Leben jetzt …

Der Engel singt. *Sieh deinen Gatten, den verlass'nen, weinen, rührt sein Klagen dich nicht?*

Ilana, flüstert Lorin.

Du Entfloh'ne kehr ihm wieder! Bange Trauer beugt tief ihn nieder, komm, Teure, banne den tötenden Gram!

Es dauert seine Zeit, bis Lorin die Augen aufschlägt, sich fragt, wo genau er sich befindet. Dann fällt es ihm ein. Nicht der Engel ist es, der singt, die engelsgleiche Stimme gehört Helene. Und richtig, sie steht vor ihm, Blumen streuend, hört erst auf zu singen, als er sich an der Mauer aufrichtet.

Der Engel hat sich zurückgezogen. Die Seidenfrau ebenso. Die Gäste verschwunden. Einige Bierdosen zeugen vom nächtlichen Zusammensein, ein vergessener Schal.

Helenes Blick tadelnd. Was er hier seine Zeit vertrödle. Singen! Jetzt. Sofort. Die Sirenen übertreffen, ihren betörenden Gesang. Singen! Die Tiere, alle da, bereit ihm zu lauschen. Oberwelt, Unterwelt. Jetzt oder nie.

Lorin blickt in die Runde: der Kolkrabe, die Eichhörnchen, Reh, Dachs, Fuchs und Hase, Igel und Schnecke, das Heer der Ameisen, groß und klein, alle sind sie da, die Tiere, die Bäume, die Blumen, die Felsen, das Wasser, sie neigen sich ihm zu, drehen sich im Kreis, schnell, immer schneller.

Helene drängt. Ihnen bleibt nicht mehr viel Zeit. Ilana im Transit. Letzte Gelegenheit, in der Unterwelt um ihre Herausgabe zu bitten.

Der Eingang, murmelt Lorin, ich kann den Eingang nicht finden, die Kranosaurier …

Hier, singt Helene, jetzt … *Hier und Jetzt ist unsere Zeit.*

Träumerin, sagt eine strenge Stimme. Nur im Mythos möglich, und selbst dort nur für Minuten. Die Welt geriete aus der Ordnung. Wer einmal in der Schattenwelt, der ist verloren. Eurydike … Persephone … Kastor … Nur die Unsterblichen entgehen dem Schicksal des Todes …

Selbst die nicht, murmelt Lorin, der Alte im Himmel für abgelegte Götter …

Helene widerspricht. Orpheus' Gesang hat Eurydike aus der Unterwelt geholt, mit Hilfe Amors. Wenn die Liebe stark genug …

Unsinn, tadelt Marie. Opernwelt … Gluckglück!

Nicht nur! Polydeukes hat durch sein Opfer die Gunst erzwungen, den sterblichen Bruder Kastor an die Oberwelt zu holen, wenn auch nur für jeden zweiten Tag. Ein Teilerfolg. Die anderen Tage gemeinsam in der Unterwelt.

Wenn die Verbindung, die Liebe stark genug …

Dreamy State, auf diese Weise vielleicht möglich, hofft Lorin, mit Ilana in Verbindung zu bleiben, mit ihr zu leben, dem Tod zu trotzen, sie in seinen Gedanken heraufzubeschwören, am Leben zu erhalten, Tisch und Bett zu teilen, Tag und Nacht.

Unsinn ruft Marie, Helene eine Träumerin, ein Engel der Geduld, der Freundlichkeit, doch sträflich naiv …

Nein, ruft Bürkli, ein jeder bewahre sich seine Utopie, so er denn fähig ist, sich eine zu erdenken, erschaffe sich sein eigenes Phalansterium.

Besser ist es, sich mit dem Unabänderlichen abzufinden, rät Sophie Erismann mit sanfter Stimme, man wird sonst noch verrückt.

Im Gebet wirst du Trost finden, lass uns beten, schlägt Johanna Spyri vor. Marie zieht sie sachte beiseite.

Habe ich es nicht immer gesagt. Lieben macht nur unglücklich, flüstert Suslowa Friedrich Erismann zu, entweder die Liebe verläuft unglücklich, der häufigste Fall, oder Lieben gelingt und macht noch mehr unglücklich, wenn man sich trennen muss. Sieh nur, der Ärmste … Und dennoch ist er zu beneiden.

Der Ausgang noch ungewiss, sagt Wera Erismann mit vorwurfsvollem Blick Richtung Suslowa, kein Mensch hat das Recht, einem anderen die Hoffnung zu nehmen.

Den Eingang zur Unterwelt suchen, drängt Helene, singen, flehen, die Mächtigen dazu bewegen, sie freizugeben … *Könntet ihr je empfinden, welch Feuer mich verzehret, welch liebevolles Sehnen mir die Brust durchglüht, längst wär sie wieder mein, die Geliebte, die Holde; gebt sie mir, gebt sie mir zurück.*

Unerbittliche Tyrannen!, singt Lorin, *ich ford're sie zurück!* Er richtet sich auf mit plötzlicher Entschiedenheit. *Ja, ich steige hinab zu des Orkus Gestaden; meine Klagen, meine Tränen sollen beugen euren Grimm; kühn mit eurer Wut mich zu messen, fühl ich Kraft, fühl ich Mut genug!* Ermattet sinkt er nieder, vor sich das Bild Ilanas, bleich, einem Schatten gleich, in einer anderen Welt, *bei meinem Rufen taub, antwortet nimmer …*

Nicht mehr viel Zeit, drängt Helene, Eingang suchen.

Kranosaurier … Der Bauleiter, flüstert Lorin, bin ihm an die Gurgel gesprungen, habe ihn gedrängt, mir den Eingang zu verraten. Gewürgt habe ich ihn. Ringkampf mit dem Tod. Nichts zu machen. Auch mit orphischen Gesängen nicht. Mehrere Eingänge, ich weiß es wohl. Pop-up Eingänge, geöffnet temporär, für Wochen, Monate, manchmal sogar Jahre. Bloß, wo sind sie im Augenblick, und wie gelangt man hinein, scharfe Wächter, die Kranosaurier, jeder ein Höllenhund.

Helene sieht ihn unverwandt an. Es gibt immer eine Möglichkeit.

Selber zu sterben … In der Küche das Messer scharf … Hinaufklettern. Hinunterstürzen. Wo du bist, bin auch ich.

Marie zerrt ihre Tochter beiseite. Du hast kein Recht so zu sprechen. Siehst du nicht, wie gefährdet er ist … Du bist doch Pflegerin.

Sängerin wollte ich werden, nicht Pflegerin. Glucks Eurydike hätte ich singen wollen, Orpheus. *Eurydike, Eurydike! Teurer Schatten! Ach, wie weit bist du? Dein Gemahl, tief in Trauer versenkt und gefoltert vom Schmerz, ruft dich immer, fordert von den Göttern dich wieder. Die Winde, ach, entführen seine Klagen.*

Niemals aufgeben, sagt Bürkli mit eindringlicher Stimme. Denk an Romeo und Julia.

Pyramus et Thisbe, flüstert Lorin.

Meinetwegen, kommt auf dasselbe heraus, man gibt

nicht einfach auf, solange die Sache ungewiss. Was, wenn noch eine Chance besteht? Deine Julia gar nicht stirbt, sondern gesund wird und dann erfahren muss, dass du … Sei kein Narr, denke pragmatisch, vergewissere dich erst, ob nicht doch noch Heilung möglich. Sterben kannst du auch später, ich kenne keinen, der das Sterben verpasst hätte, umgekehrt aber viele, die das Leben verpasst haben. Es kommt unweigerlich, das Sterben, früher als erwartet, dabei wäre noch soviel zu tun …

Viel hätte ich darum gegeben, später geboren zu sein, sagt Suslowa, weniger hoffnungslos wäre es dann zu lieben. Einen Versuch wäre es wert. Als Nachgeborener sollte man die unermessliche Chance einer gleichwertigen Liebe nicht vertun.

Ilana, meine Eiche, flüstert Lorin.

Die Suslowa blickt vielsagend zu den drei Ärztinnen.

Ilana bedeutet Baum, Ilana ist Eiche …

Helenes unentwegtes Singen, ihr Hoffen. Engelsgleich. *Aus dem Reich beglückter Schatten komm zurück zu deinem Gatten, lass ihn deines Blicks sich freu'n!*

Kummit. Kummit.

Bist du es? Jetzt?

Jetzt oder nie.

Komm mit. Komm mit.

Lorin schlägt die Augen auf. Ein Schnurrbart beugt sich über ihn. Seltsam verzerrtes Gesicht. Hartwich? Sind Sie das?

In ein paar Stunden wird es Ihnen besser gehen, sagt der Schnurrbart. Ja, ich bin es, habe gestern vergeblich auf Sie gewartet und mir große Sorgen um Ihre vergiftete Gemahlin gemacht. Aber nun muss ich mich auch um Sie sorgen.

Hartwich hilft Lorin sich aufzurichten, stützt ihn, damit er auf die Beine kommt.

Lorin schüttelt den Kopf. Ilana. Was ist mit ihr. Sie wollten mir genaue Erklärungen zu ihrem Zustand geben … Lorin kann sich kaum auf den Beinen halten.

Kommen Sie, hier auf diese Bank. Die Zeit drängt. Ilana. Doch im jetzigen Zustand sind Sie nicht imstande mir lange zuzuhören. Auch würden Sie sofort alles wieder vergessen. Merken Sie sich nur eines: Xenophon. Thalatta. Pontischer Honig. Wiederholen!

Honig, stammelt Lorin.

Morgen, sobald es Ihnen besser geht, lesen Sie Xenophon. Suchen Sie nach der berühmtesten Stelle des Werkes: Thalatta! Thalatta! Aus den folgenden Seiten erfahren Sie alles Notwendige. Danach handeln Sie, so schnell irgend möglich. Im Krankenhaus wird man Sie verstehen und alles Nötige veranlassen. Vielleicht ist es noch nicht zu spät.

Hartwich bückt sich nach einem Laubblatt zu seinen Füßen, wirft es wieder weg, greift nach einem neuen.

Haben Sie Xenophon bei sich?

Lorin sucht in seiner Manteltasche, reicht Hartwich das Buch.

Hartwich blättert im Buch, kurz nur, bis er die gesuchte Stelle findet, legt das Laubblatt dort hinein.

Lorin schon wieder eingeschlafen, ein von Horrorvisionen gequälter Schlaf hat von ihm Besitz ergriffen.

Als er wieder aufwacht, ist er allein auf der Bank. Es geht ihm wesentlich besser. Er schaut auf die Uhr.

Die Tage kurz, bald wird es anfangen zu dunkeln.

Zweiter November. Allerseelen.

Knapp vierundzwanzig Stunden, seit er den Friedhof betreten.

23 Honig

Xenophon. Thalatta. Honig.
Xenophon. Thalatta. Honig.
Xenophon. Thalatta. Honig.

Lorins Kopf auf dem Sofa. Xenophon, Thalatta, Honig, hämmert es in seinem Kopf. Donnerschläge. Dann der Einschlag des Blitzes:

Pontischer Honig.

Lorin setzt sich auf. Das Buch. Wo hat er den Xenophon. Dunkel erinnert er sich, ihn mitgenommen zu haben. Wohin? Zum Friedhof. Ja richtig, im Friedhof war er. Den Mantel trägt er zu seiner Verwunderung noch immer auf sich. Er klopft die Manteltasche ab. Hier. Ungeduldig zerrt er das Buch aus der Tasche, lässt es fallen. Die Feinmotorik noch nicht ganz in Funktion …

Mühsam hebt er es auf, der Kopf noch immer empfindlich, jede Bewegung schmerzend. Er schlägt es ganz am Ende auf, lässt die Seiten rückwärts durch seine Finger gleiten, es öffnet sich bei einem Buchzeichen. Ein Laubblatt. Das Blatt einer Eiche. Vor Jahren zum Pressen ins Buch gelegt? Kaum, es fühlt sich feucht an und riecht noch ganz frisch.

Xenophon. Anabasis. Der Zug der Zehntausend. Rückmarsch. Die Überlebenden haben nach langen Strapazen endlich die Bergkette erreicht, von der sie Sicht auf das Schwarze Meer haben. Laute Rufe ertönen von der Vorhut, *Thalatta! Thalatta!*, schreien sie, das Meer, das Meer. Sämtliche Griechen beginnen zu laufen, sie, die kaum noch Kräfte hatten zu gehen, schöpfen wieder Mut.

Lorins Augen fliegen über den Text, im gestreckten Galopp, zügellos. Er muss sich zwingen, nicht zu schnell zu lesen, die entscheidenden Zeilen nicht zu verpassen. Mehrmals diszipliniert er sich, nimmt sich die letzten gelesenen Zeilen ein zweites Mal vor, die griechischen Kämpfer, es sind mittlerweile noch etwa achttausend, wähnen sich gerettet, das Meer, der Pontos Euxeinos …

Pontos. Pontischer Honig …

Pontischer Honig, hat Hartwich gesagt, nicht einfach nur Honig.

Die Söldner, abgekämpft und ausgehungert wie sie sind, eilen den Hang hinunter Richtung Meer. Noch befinden sie sich in weiter Ferne von Trapezunt, auch weit davon entfernt, in Sicherheit zu sein, doch plötzlich sind sie wieder in der Lage zu laufen, schnell zu laufen, im Sturmschritt. Vom Schwarzen Meer ist es nicht mehr weit nach Hause. Seewege versprechen eine rasche, mühelose Heimfahrt. Jahre tödlicher Bedrohungen liegen hinter ihnen. Von Feinden gejagt, zunächst von den Persern, dann von wilden Bergstämmen … Endlose, von Gefechten behinderte Fußmärsche durch gebirgiges Gelände … Hunger, Kälte, Schnee, als sie durch Armenien ziehen, manche Söldner erfrieren, andere werden schneeblind, Geschwächte bitten darum, man möge sie erdolchen, statt dem anrückenden Feind schutzlos zu überlassen … Krankheiten, Ungeziefer, Hunger als ständige Begleiter … Und nun endlich vor ihnen die Küste des Schwarzen Meeres, griechische Siedlungen, Städte, Märkte, Schiffe, die sie nach Hause bringen können … Gerettet! Endlich gerettet. *Thalatta. Thalatta.*

Jetzt aufgepasst, zügelt Lorin seine Ungeduld, sagte nicht Hartwich, auf den Seiten nach *Thalatta* ließen sich die entscheidenden Informationen finden? Lorin liest sich durch mehrere Seiten feindlicher Auseinandersetzungen, ausgehandelter Bündnisse, verlustreicher Kämpfe, dann endlich erreicht er mit den Söldnern die Gegend um Trapezunt …

Die Griechen, schreibt Xenophon, *erreichten die Höhe und bezogen Lager in vielen Dörfern, die mit Lebensmitteln gut versorgt waren. Es gab dort nichts Auffallendes außer die vielen Bienenstöcke, über die sie sich wunderten, und alle Soldaten, die von den Honigwaben aßen, verloren den Verstand und sie übergaben sich und hatten Durchfall und keiner konnte aufrecht stehen; diejenigen, die nur wenig davon gegessen hatten, glichen stark Betrunkenen, diejenigen aber, die viel davon zu sich genommen, Wahnsinnigen, andere sogar Sterbenden. Es lagen so viele dort, als hätte eine Niederlage stattgefunden, und groß war die Verzweiflung. Doch am folgenden Tag war keiner gestorben, ungefähr zur selben Stunde kamen sie wieder zu Verstand; am dritten oder vierten Tag erhoben sie sich, als hätten sie eine Vergiftung überstanden.*

Das also wollte Hartwich ihm mitteilen. Vergiftung durch Honig aus dem Gebiet des Pontos. Ilana. Er selbst. Sein Zustand gestern auf dem Friedhof. Wobei er dem Topf nur ganz wenig Honig zum Kosten entnommen … Ilana jedoch hat innert kurzer Zeit mehrfach von dem Honig gegessen und sicher viel größere Mengen; der Topf zur Hälfte geleert.

Ist das wirklich möglich? Schnell einen Blick ins Internet zur Überprüfung.

Pontischer Honig … Bekannt seit der Antike. Xenophon … Ja, das kennt er nun. Später, in römischer Zeit, im Krieg gegen den pontischen König Mithridates sogar als Waffe gegenüber den römischen Soldaten eingesetzt. Als biologische Waffe, sozusagen. Am Wegrand Schalen mit Honig … kalte Berechnung. Fazit: die hungrigen Soldaten des Pompeius liegen trunken und halluzinierend am Boden. Leichtes Spiel für die im Hinterhalt liegenden Krieger des Mithridates. Die kampfunfähigen, teils bewusstlosen Römer mühelos niedergemetzelt.

Fälle auch in der Neuzeit bekannt …

Je nach Zusammensetzung des Honigs könnten schon kleine Mengen eine Vergiftung bewirken, liest Lorin. Schwere Vergiftungen führten zu Lähmungen, Abfall von Blutdruck und Puls …

Bewusstseinsverlust …

Koma …

Herzversagen …

Aussetzen der Atmung …

Todesfälle …

Todesfälle, wenn kein Gegenmittel …

In der Klinik schlägt Lorin Alarm, eindringlich, so, dass man ihn zum behandelnden Arzt vorlässt. Jetzt nur nicht zu viel sprechen, nichts erklären, die Honigprobe übergeben, das Schlagwort nennen, nur das: Pontischer Honig.

Woher?

Geschenkt. Von einem Nachbarn, aus einem Dorf am Schwarzen Meer mitgebracht …

Danach geht alles sehr schnell. Ein Gegenmittel. Atropin. Belladonna. Ausgerechnet ein neues Gift. Gift und Gegengift. Tollkirsche gegen Tollhonig.

Die Wirkung des Atropins setze erfreulicherweise sehr rasch ein, bleibe aber über mehrere Tage bestehen, sagt der Arzt. Ilana gehe es zusehends besser, sie werde überwacht und müsse zur Kontrolle bis auf weiteres im Krankenhaus bleiben.

Lorin atmet auf, jede Sicherheitsmaßnahme ist ihm recht, nein, er ist nicht in Gefahr durch Ungeduld sein Glück aufs Spiel zu setzen.

Er wird sich nicht umdrehen.

Wirksam im pontischen Honig seien Grayanotoxine, erklärt der Arzt, die sich in gewissen Heidekrautgewächsen befänden, so auch im Rhododendron. An der Schwarzmeerküste gebe es ausgedehnte Rhododendron Monokulturen, ganze Wälder voll von pontischen Azaleen. Bienen, die sich ausschließlich von diesen Pollen ernährten, würden dann entsprechend giftigen Honig produzieren. Merkwürdig nur, dass die Bienen selbst unbeschadet blieben … Atropin wirke den Folgen von Grayanotoxinen entgegen, als Antagonist zum Gift des pontischen Honigs … Hemmung des parasympathischen Nervensystems … Hebung von Blutdruck und Puls … Von Natriumkanälen ist die Rede, Bindung an Natriumpumpen der Zellmembran, Eintritt von Kalzium in die Zelle, Depolarisierung der Zellen …

Lorin folgt den Erklärungen längst nicht mehr, erst als der Arzt die Symptome, die der Verzehr des pontischen Honigs hervorruft, aufzählt, kehrt die Aufmerksamkeit zurück. Die Wirkungen kennt er, er hat sie am eigenen Leibe erlebt, wenn auch nur moderat, die Nacht auf dem Friedhof, die Halluzinationen, der Schwindel, die Übelkeit. Bei Ilana aber …

Ilana habe gravierende Folgen erlitten, da sie bereits vorbelastet …

Vorbelastet?

Kardiale Beschwerden und auch die Einnahme der Blutdrucksenker … Wäre sie nicht notfallmäßig behandelt worden, hätte die Vergiftung lebensbedrohliche Konsequenzen haben können. Natürlich würden sie den Honig noch im Labor untersuchen, aber der Verlauf lege nahe, dass es sich tatsächlich um Vergiftung durch Grayanotoxine handle, solche Fälle seien äußerst selten, man habe sie darum als Arzt nicht unbedingt auf dem Radar, es sei denn bei türkischen Patienten, im Speziellen bei türkischen Männern in einem gewissen Alter …

Lorin runzelt die Stirn.

Ja, die Einheimischen seien in der Regel vertraut mit dem speziellen Honig, sie benutzten ihn in geringen Mengen sogar als Medikament gegen Dyspepsie …

Gegen was?

Gastrointestinale Beschwerden, aber eben, Männer versprächen sich zuweilen auch aphrodisierende Wirkungen davon, daher die Beliebtheit des Honigs. In der Türkei habe man eher ein Auge auf eine solche Diagnose, obwohl die meisten Einheimischen im Umgang mit dem Honig kundig seien. Gefahr bestehe jedoch für Touristen. Erstaunlich, dass Lorin überhaupt auf diesen Einfall gekommen sei.

Lorin verzichtet auf den Versuch, ihm den Hergang zu erklären. Hartwich … Schließlich ist er ihm begegnet, bevor er von dem Honig gekostet. Wie soll er dem Arzt also erklären, dass Hartwich es eigentlich ist, der die Diagnose gestellt. Er murmelt etwas von Internet, medizinischen Seiten, auf denen er Ilanas Symptomen nachgegangen …

Die Vermutungen bestätigen sich. Im Labor wurden Grayanotoxine im Honig nachgewiesen, in sehr hoher Konzentration übrigens, sagt der Arzt. Sortenreiner Honig aus pontischen Rhododendronblüten. Noch einmal die Frage, eindringlicher nun, woher sie ihn hätten.

Lorins Antwort ausweichend. Ein Geschenk von einem türkischen Nachbarn, der jetzt aber verzogen …

Wohin?

Unbekannt. Geschenk zum Abschied …

Böse Absichten?

Kaum, wohl eher Unwissenheit, Honig aus der Heimat Abschiedsgeschenk vor dem Wegzug. Nun könnten sie nicht einmal mehr Kontakt mit ihm aufnehmen …

Das Problem ist nur, dass Lorin nicht viel bis gar nichts von diesem türkischen Nachbarn weiß. Aris. Aristaios in seiner Fantasie. Doch kann er dem Arzt schlecht von Aristaios berichten. Aristaios, der Mann, der Eurydike nachstellte, sodass sie, in Panik fliehend, nicht mehr auf den Weg achtete, auf eine hochgiftige Schlange trat und an deren Gift verstarb. Orpheus in Trauer, ein Leben ohne Eurydike unvorstellbar. Kein Glanz, kein Licht, keine Lebensfreude, Dunkel alles um ihn herum. Ihm bleibt nur der Weg in die Unterwelt. Sein betörender Gesang macht das Unerhörte möglich, Orpheus überwindet jedes Hindernis, findet einen Eingang zur Unterwelt, zähmt den Fährmann Charon und Kerberos, den Höllenhund. Selbst die Herrscher der Unterwelt, Hades und Gattin Persephone, sie vor allem, vermag er zu rühren durch seinen Gesang, seine Trauer um die Geliebte, Eurydike, die Baumnymphe.

Auch Ilana weiß kaum etwas zu berichten über den Honigschenker, nicht einmal seine Adresse ist ihr bekannt. Lorin bedrängt sie nicht, zieht in Erwägung, dass sie den Honig im Internet bezogen haben könnte. Man kann ihn tatsächlich bestellen. Doch wozu hätte sie das gemacht? Dass sie ihn als Aphrodisiakum gekauft hätte, schließt er aus. Als halluzinogenes Mittel? Ein Versuch Schritt zu halten mit seinen Traumzuständen? Wer weiß … Aber hätte sie dann nicht reagiert, als es ihr so schlecht ging, hätte sie ihm nicht davon berichtet, im Krankenhaus Alarm geschlagen? Vielleicht doch eher die Gabe eines Verehrers. Irgendein Aris. Ein Imker. Einer aus dem Umfeld der Urban Gardening Clique. Hat sie nicht vor kurzem einen Kurs besucht …

Der Traum vom Lebensbuch. Der Setzkasten. Neu zusammengesetzte Buchstaben, eine neue Lebensgeschichte …

Nein. Fragen wird er sie nicht. Es gibt Dringliches zu besprechen. Sobald sie wieder bei Kräften ist. Sobald sie wieder zu Hause.

Er ist kein Orpheus, das hat er begriffen, und Ilana nicht Eurydike, obwohl durch Vergiftung dem Tod nahe.
Ilana der Unterwelt entronnen.

25 Passion

Wie immer gegen elf Uhr morgens die Schieferplatte, das Mittelquadrat des Esstisches, reich beladen.
Wie immer und dennoch anders. Anders und neu.

Lorin ist es, der die Früchte angerichtet hat, zwölf, wie es sich gehört, vorherrschend die Farbe Orange, mattglänzend bei Kaki, Papaya und Mandarine, leuchtend bei der sorgsam filetierten Orange. Dunkle Akzente durch Heidelbeeren und blaue Trauben, helle durch Apfel, Birne und Banane. Grapefruit und Granatkerne sorgen für schimmernde Rottöne, einmal ins Rosa spielend, einmal tiefrot durchscheinend. Höhepunkt dieser Kombination aber liegt in der Passionsfrucht, dies nicht wegen ihres äußeren Auftretens, in einem Schönheitswettbewerb würden die Konkurrentinnen ihre von Samen durchsetzte, formlose, gräuliche Masse mit Leichtigkeit in den Schatten stellen, ihr Geheimnis ist der intensive Duft, den sie ausströmt, gleichzeitig süß, von einer Süße, die die Sinne bis zur Betörung aufreizt, wie auch herb säuerlich. Diese Frucht zu präparieren, ist bereits göttlich, von ihr zu kosten das Paradies. Nur schon die kleinste Menge ihrer geleeartigen Pulpe aromatisiert einen ganzen Fruchtsalat, doch Lorin serviert sie gesondert in einem kleinen Schälchen, das er in die Mitte des Früchtetellers platziert.
Essenz der Leidenschaft, isoliert, pur.

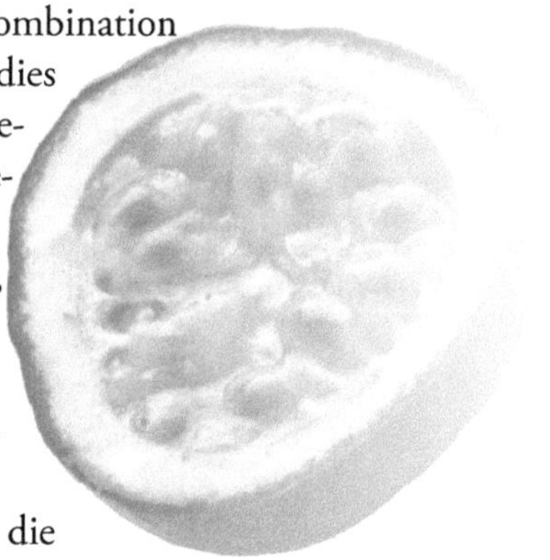

Kein alltäglicher Genuss, doch heute ist Festtag.

Der Tisch für zwei Personen gedeckt, nichts Ungewöhnliches; auch an den Tagen, an denen Ilana im Krankenhaus lag, war der Tisch stets gedeckt für zwei. Jetzt aber sitzt Ilana an ihrem gewohnten Platz, leibhaftig, etwas blass noch, aber aufmerksam, interessiert sich für jedes Detail am Frühstückstisch, ihr ist, als sähe sie alles zum ersten Mal.

Ein zweites Leben, sagt sie, die Buchstaben aus dem Setzkasten neu zusammengesetzt.

Und doch sitzen wir zusammen wie eh und je.

Was denn sonst? Alles andere nur Abglanz. Wie eh und je und dennoch neu und anders.

Ich habe so gefürchtet dich zu verlieren, sagt Lorin.

Es war ja auch knapp.

Ich meine nicht die Vergiftung durch den Honig …

Aris?

Aris, Aristaios oder sonst wer.

Auch ich fürchtete, dich zu verlieren.

Da war aber niemand.

Die Traumwelt, du driftetest immer mehr ab in dein Traumerleben, zu dem ich keinen Zugang habe, lebtest in einer Parallelwelt.

Der pontische Honig hat auch dich in eine andere Welt katapultiert.

Ich wusste nicht, wie gefährlich das war.

Lebensgefährlich. Jetzt wissen wir es.

Den Honig kann ich wegwerfen. Aber mit deinen Träumen ist das schwieriger.

Die lassen sich nicht entsorgen, aber ich könnte versuchen darauf zu achten, die Traumzustände nicht absichtlich zu fördern.

Ilanas Blick skeptisch. Diesen Vorschlag halte sie für unrealistisch, zu groß die Einschränkung. Er würde seine Traumwelten vermissen.

Vermutlich schon, sagt Lorin nach längerem Überlegen. Vielleicht nicht heute, nicht morgen. Die Prioritäten haben sich verschoben, durch die permanente Angst der letzten Wochen ist meine Experimentierfreude drastisch geschrumpft. Die jüngsten Erfahrungen – ein einziger Albtraum …

Der Albtraum wird verblassen, Normalität einkehren. Was dann?

Dann wird auch die Risikobereitschaft wieder größer.

Eben.

Dennoch, den Traumzuständen stehe er zwiespältig gegenüber, sagt Lorin nachdenklich, zumal er zunehmend auch in angsterregende Traumwelten eingetaucht sei, einmal habe er sich in Zeiten der chinesischen Kulturrevolution wiedergefunden.

Der Bericht den sie zusammen geschaut hätten, mutmaßt Ilana, bestimmt hätten ihn die Bilder aus dem Dokumentarfilm über chinesische Lager verfolgt. Ob er Misshandlungen erfahren habe.

Lorin schüttelt den Kopf. Schlimmer … In einer Horde Jugendlicher sei er unterwegs gewesen … als Täter … Horror. Solche Erfahrungen werde er nicht vermissen.

Aber die anderen, die fantastischen, sagt Ilana mit einem Lächeln.

Einstweilen genüge ihm vollauf, mit seiner neurologischen Besonderheit zurechtzukommen, wenn sie sich ungefragt manifestiere. Und außerdem wisse man nicht, was sich ohne eigenes Zutun noch einstellen werde, in manchen Fällen bringe auch das ganz normale Altern Halluzinationen mit sich.

Ja, bei Nierenentzündungen zum Beispiel. Oder bei hohem Fieber, als Kind habe sie einmal farbige Ballone an der Decke schweben sehen.

So seien sie wenigstens beide optimal vorbereitet auf Ungewöhnliches, wären dann gegebenenfalls in der Lage, farbige Luftballone oder in der Wohnung streunende Katzen als selbstverständlich zu betrachten.

Vielleicht werden wir es mit Humor nehmen …

Weißt du noch, werden wir sagen … Borlotti, der Telefonanruf des Bauleiters, mit dem alles begann …

Ilana lacht. Der arme Bauleiter, du musst ihn ja zu Tode erschreckt haben.

Ich hielt mich doch verborgen, auch beim zweiten Mal, als er den Tod des Alten meldete.

Der Spezialhimmel für abgelegte Götter …

Prekär wurde es erst, als es um dich ging, um Leben und Tod, und ich ihm an die Gurgel sprang …

Obwohl … Wenn du die Baracke tatsächlich … Der hätte dir doch die Polizei auf den Hals gehetzt …

Eine Bauskizze habe ich jedenfalls in meiner Jackentasche vorgefunden.

Die wirfst du besser weg, oder klüger noch, du lässt sie durch den Schredder.

Mit Borlotti habe ich vor allem dich erschreckt.

Ja, damit hast du mich gehörig erschreckt, mit Johanna Spyri und Marie Heim-Vögtlin auf der Friedhofsbank noch viel ärger.

Du hast dich aber erstaunlich schnell an all diese Phänomene gewöhnt.

Dank der Diagnose des Neurologen, obwohl …

Ja, obwohl … Auch ich habe meine Zweifel dabei. Nicht an der Diagnose, aber ob das eine Erklärung …

Was soll's, sagt Ilana mit Entschiedenheit. Wir lassen uns unseren Festtag nicht verderben. Weißt du noch, der Bürkli mit seinen Utopien … Der hatte es dir angetan mit seinen Phalansterien …

Er hat immerhin sein Phalansterium gefunden, jedenfalls hat er sich mit seiner Beiz eines geschaffen …

Und wir unseres, sagt Ilana mit einem Lächeln, jeder sein eigenes und dazu unser gemeinsames.

Weißt du, sagt Lorin nach einer Weile des Schweigens, seine Stimme ernst, weißt du, die Katze mit dem Buch des Lebens, den herausgefallenen Buchstaben, die du neu zusammensetzen solltest … Damit hast du mir einen furchtbaren Schrecken eingejagt. Ein anderes Leben, womöglich ohne mich …

Panik, ich schwitzte vor Angst, mir könnte beim Einsammeln ein Buchstabe verloren gehen.

Sonderbar, wie man sich von einem diffusen *Wehe* bedroht fühlen kann, dem *Wehe* einer Katze.

Im Traum war es nicht diffus, die Bedrohung hätte mir jeden Moment ins Genick springen können. Außerdem miaute die Katze streng und grinste dazu ganz unpassend.

Die Bedrohung lag schon in der Luft, das Unheil, das sich zusammenbraute …

Auch über dir … Marie Heim Vögtlin, Sophie Erismann Hasse, Wera Erismann, die drei famosen Ärztinnen, die dir Diagnosen für mich mitgeben wollten, mussten letzten Endes dich pflegen …

Ich war völlig von Sinnen, die Sorge um dich … Das verzweifelte Singen hatte mich erschöpft … Und dann all die Tiere, die sich versammelt hatten, die vielen Leute, die Professoren der ETH – eine gespenstische Szene.

Da war ich schon nicht mehr da …

Eben …

In einer anderen Welt …

Auf der Schwelle zur Unterwelt, aus der ich dich holen wollte. Helene trieb mich an, ermutigte mich zu singen, obwohl …

Helene mit ihrer zauberhaften Stimme.

Eine zauberhafte Stimme. Sängerin wollte sie werden.

Ein Jammer, dass man sie nicht ließ.

Helene ist eine Sängerin, trotz allem, ich habe sie gehört, ihre Stimme unbeschreiblich.

Anlass für Eifersucht …

Lorin lacht.

Das ist nicht zum Lachen. Helene hat eine starke Präsenz, sie nimmt dich gefangen. Warum sollte das nicht Grund zur Eifersucht sein, ihre Bedeutung für dich höchst real …

Helene harmlos, keine Gefahr.

Vielleicht nicht im Strickjäckchen. Aber wenn sie wie Alma Mahler daherkommt oder Helene Berg? Du gestaltest sie, das ist ja das Unheimliche, es liegt ganz in deiner Macht. Engel und femme fatale in einer Gestalt …

Da war aber auch dieser Sonderling Wilson Edwards, weißt du noch, sagt Lorin, den du ins Café Zähringer eingeladen hast, der ominöse Wissenschaftler …

Was blieb mir anderes übrig, als ihn einzuladen, so sicher war ich mir nicht, ob er in der Lage gewesen wäre, die Rechnung zu bezahlen. Vor allem, weil er unbedingt auf der Terrasse bleiben wollte. Die Peinlichkeit beim Bezahlen wollte ich ihm und mir ersparen.

Womöglich wäre er plötzlich abgehauen …

Jedenfalls gab dir Wilson keinen Anlass zu Eifersucht. Während Helene mit ihrer zauberhaften Stimme … Und dann die Suslowa Dreifaltigkeit, auch so eine Geschichte …

Heute ist Festtag, sagt Lorin, niemand wird ihn uns verderben, weder eine Suslowa noch ein Aris.

Unser *Weißt du noch* ist tückisch. Wir tun gerade so, als läge dies alles Jahre zurück, in weiter Vergangenheit.

Wir tun nicht nur so. Es fühlt sich für mich auch so an. Zwar liegen keine Jahre dazwischen, aber was bedeuten schon Jahre. Manchmal ist ein einziger Tag ein Jahr.

Dennoch, alles noch immer da …

Ja. Die Nacht auf dem Friedhof, der gesellige Anlass bei den Steinfels im Kreise der vornehmen Gesellschaft Zürichs, noch eben war ich mitten unter ihnen, sah zu, wie sie zwischen den Gräbern tanzten, sich unterhielten, aßen und tranken, wenngleich mir mehr und mehr die Sinne schwanden, mir schwindlig und übel wurde, mir der Schweiß aus allen Poren rann. Ich glaube sogar, dass ich erbrechen musste. Die Folgen des Honigs … Ich konnte kaum mehr gehen, torkelte zwischen den Gräbern herum …

Jemand muss dir geholfen haben. Wer das wohl war?

Der Amberger Engel.

Die Engelchimäre?

Wer weiß.

Ja, wer weiß. Ein Engel. Irgendein Engel.

Jedenfalls war die Chimäre freundlich. Kein Prädator.

Freundlich, ein weiblicher Engel.

Weißt du noch, sagt Ilana, werden wir hoffentlich noch lange zueinander sagen können, aber heute ist es dafür noch zu früh.

Zu früh? Vielleicht.

Alles noch immer da, jederzeit bereit wieder aufzutauchen, nicht nur als Erinnerung. Träumen lässt sich nicht verscheuchen, zum Glück.

Ihnen bleibt nicht mehr viel Zeit, sagte man mir auf dem Friedhof.

Was er damit sagen wolle, will Ilana wissen.

Alles wird vielleicht früher verblassen als uns lieb. Wir werden uns womöglich nicht mehr an alle Namen erinnern, Zusammenhänge werden versinken … Aber eines sage ich dir: Hartwich, dem werde ich ewig dankbar gedenken.

Ein zweites Leben.

Aus den gesammelten Buchstaben.

Wir werden ihn besuchen.

An jedem ersten Novembertag.

26 Gedenken

Erster November.
Rundgang durch den Friedhof Sihlfeld – inzwischen Tradition.

Ilana und Lorin treffen auf viele Besucher. Allerheiligen. Die Gräber geschmückt mit frischen Blumen, Lichtlein flackern, nutzen jeden noch so sanften Windzug.
Morsezeichen.
Zwiesprache mit den Liebsten.

Lorin und Ilana sitzen auf der Bank, blicken in die fahle Novembersonne.

Weißt du noch, sagt Ilana, früher gab es oft schon Schnee am ersten November. Lange hätte man es nicht auf einer Bank ausgehalten.

Lange her. In den letzten Jahrzehnten keine Kälterekorde mehr, nur noch Hitzerekorde. Um kalte Winter zu erinnern, muss man in die Kindheit zurückgehen.

Als Kind hätte man es ohnehin nicht lange auf einer Bank ausgehalten. Zu langweilig …

Es sei denn, man wäre schon ein älteres Kind und frisch verliebt.

Ilana lächelt und kuschelt sich an Lorins Schulter. Darum sitzen wir ja auf der Bank und es besteht keine Gefahr, dass wir uns langweilen.

Schön gesagt, lacht Lorin, auch wäre es für uns inzwischen ziemlich anstrengend, wenn wir uns auf unserem Rundgang nicht ab und zu ausruhen könnten. Das Gelände ganz schön weitläufig und die verschiedenen Wohnorte verstreut.

Weißt du noch, wie wir zum ersten Mal gemeinsam durch diesen Friedhof streiften.

Das war, nachdem ich Johanna Spyri und Marie Heim-Vögtlin begegnet war. Siehst du die Bank da gegenüber?

Die Spiegelbank.

Ja, genau. Da saßen sie und unterhielten sich.

Die glücklose Johanna und die gestrenge Marie.

An ihrer Stelle ist das Heidi glücklich und berühmt geworden.

Ja, inzwischen gilt Heidi sogar als Unesco Weltkulturerbe.

Wenn Johanna gewusst hätte, wie langlebig und erfolgreich ihr Heidi tatsächlich noch würde …

Dann hätte sie vielleicht den Mut gehabt, die Konvention außer Acht zu lassen, hätte darauf bestanden, dass ihre Tätigkeit als Autorin in Stein gemeißelt auf ihrem Grabstein erscheint.

Haben wir auch niemanden vergessen bei unserem Rundgang?, fragt Ilana nach einer Weile.

Die Spyris haben wir besucht, Familie Heim-Vögtlin, Marie und Albert, Arnold und Helene.

Die Erismann kann man gar nicht vergessen als unmittelbare Nachbarn der Heims. Ob Friedrich sich wohl noch mit dem jungen Arnold trifft.

Wer weiß, vielleicht streiten sie sich noch immer über die Suslowa Schwestern.

Friedrich wird es bedauern, dass sich Nadeschda in der fernen Krim aufhält, er kann sie nur dank starker Erinnerungen herbeibeschwören.

Was heißt schon *nur* …

Ja, was heißt schon *nur*.

Manchmal bedeutet das *Nur* alles …

Sogar bei den ominösen Steinfels haben wir vorbeigeschaut, fährt Ilana fort.

Ein bisschen unheimlich war es schon, wie ich damals an jenem denkwürdigen Novembertag bei den Steinfels die gesellige Runde erlebte mit den illustren Gästen, Beyers, Jelmoli, Hürlimanns. Abgesehen davon, dass mir elend übel war. Nichts davon habe ich vergessen, trotz der vielen Jahre …

Unheimlich? Stockbesoffen wirst du gewesen sein, wie Xenophons Söldner an den Küsten des Schwarzen Meeres.

Machst du dich etwa über mich lustig? Du bist gerade die Richtige …

Immerhin weiß ich, wovon ich rede, sagt Ilana und verzieht das Gesicht.

Bleibt also nur noch der Besuch bei Hartwich, die Herren Professoren von der ETH lassen wir dieses Jahr aus, sagt Lorin und macht sich ans Aufstehen. Die Bank wird mit jedem Jahr unbequemer.

Ja, ja, die Bank, kichert Ilana …

Lorin zieht eine kleine Flasche aus seiner Manteltasche, öffnet den Verschluss und gießt eine ordentliche Portion Rotwein auf Hartwichs Grab. Zum Dank, sagt er, zugleich an Hartwich und Ilana gewandt.

Das wird ihn bestimmt mehr erfreuen als eine Schale Wasser.

Oder Weihwasser … Aroma verleiht auch der Akt des Weihens nicht.

Weißt du noch, sagt Ilana, nachdem sie Hartwich einmal mehr innig gedankt haben für seine lebensrettende Hilfe, wie wir bei unserem ersten Dankesbesuch zu dritt vor seinem Grab erschienen. Wir fürchteten, er würde sich womöglich nicht an uns erinnern, wenn wir Xenophon nicht mitschleppten.

Schnapsidee. Natürlich erinnert er sich an uns, so wie wir uns an ihn erinnern. Keine Spur verblasst.

Woher er das wisse. Sie hätten ihn ja nicht gesehen.

Er wisse es eben …

Jetzt noch der Engelsgruß, sagt Ilana.

Natürlich, schmunzelt Lorin. Wir werden doch nicht gehen, ohne uns vom Amberger Engel zu verabschieden.

Und danach möchte ich einen Blick auf das Tor des Lebens werfen. Und du bestimmt auf die nette junge Dame, die es bewacht.

Dir geht es wohl eher um die Katze, wie ich dich kenne, die Katze mit dem Buch des Lebens …

Nun mal ehrlich, sagt Ilana, findest du es nicht auch merkwürdig, dass wir in all den letzten Jahren keine Katzen mehr gesehen haben auf dem Friedhof?

Es ist mir auch aufgefallen. Zunächst dachte ich, man habe sie von offizieller Seite ausgesiedelt, vielleicht gab es Beschwerden …

Das lassen sich Katzen kaum gefallen. Die lassen sich nicht entfernen wie harmlose Hanfpflänzchen.

Vielleicht hat es auch damit zu tun, dass nun seit einiger Zeit Haustiere einen Platz auf dem Friedhof bekommen können, jedenfalls, wenn sie zusammen mit ihren Hausgenossen begraben werden.

So eine Art erweitertes Familiengrab mit Haustieren.

Genau. Wenn die Friedhofskatzen ähnliche Wesen wären wie Spyri, Heim, Bürkli und wie sie alle heißen, dann könnten sie nun eine Unterkunft bei ihrer Stammfamilie gefunden haben und brauchen nicht mehr herrenlos auf dem Friedhof herumzustreunen.

Damit wäre dann die Frage ihrer Herkunft geklärt.

Könnte doch sein … Wotan und den Kolkraben habe ich ja damals mehrmals auf dem Gelände angetroffen.

Dann hätten nun also auch der Kolkrabe und Wotan ihr rechtmäßiges Zuhause.

Womöglich sogar das Leuli.

Das würde Marie bestimmt freuen.

Arnold und Helene ebenso.

Sag mal, fragt Ilana auf dem Nachhauseweg, bedauerst du es nicht, dass du bei unseren Rundgängen im Friedhof niemandem mehr begegnest?

Wer sagt denn, dass ich niemandem begegne …

Jetzt soeben?

Nein, aber wenn ich mich allein hier herumtreibe.

Helene?

Manchmal höre ich sie singen, nicht nur auf dem Friedhof …

So ist das eben … Aus unseren zweifelhaften Vorsätzen nichts geworden – zum Glück.

Die Vorsätze sind damals unter Einfluss großer Angst entstanden. Notwendige Maßnahmen bei Lebensgefahr. Inzwischen ist die Angst verblasst.

Das Träumen seinen Platz wieder eingenommen, wie könnte es anders sein …

Ob sie denn etwa ihren Honig vermisse, fragt Lorin, den pontischen.

Nein, antwortet Ilana. Dennoch sei sie froh, dass sie ihn, entgegen ihrem ersten Impuls, aufbewahrt hätten.

Honig ewig haltbar.

Ja, wer weiß, vielleicht würden sie ihn einst brauchen.

In fernen Zeiten.

Nicht mehr so fern.

In einer entsprechend hohen Dosis …

Falls die Götter versteinert …

Sich nicht mehr rühren lassen und nicht mehr rühren …

In ihrem Himmel für abgelegte Götter sitzen bleiben …

Keine Gnadengeschenke mehr gewähren, wie sie Baucis und Philemon zuteil wurden.

Dann sind wir dank unserem pontischen Honig selber in der Lage uns zu helfen.

Die Geschichte von Orpheus und Eurydike haben Lorin und Ilana bereits durchlebt.
Die Abgründe der Unterwelt geschaut, scheuen sie vor nichts mehr zurück.
Leben jetzt.
Philemon und Baucis aber …
Jene Geschichte steht noch bevor.
Dann werden sie sein: Linde und Eiche.
Verschränkt.

27 Linde und Eiche

Wie früher gegen elf Uhr morgens die Schieferplatte, das Mittelquadrat des Esstisches, reich beladen.

Matt schimmernd ist sie nach all den vielen Jahren Aufmerksamkeit gewohnt, zwei Mal am Tag überlässt sie die Hauptrolle vergänglichen Kompositionen.

So auch heute.
Ein Gemälde auf Glas: zwölf wohltemperierte Farbtöne.

Gelb-
glanz der fleischigen,
rot behäuteten Nektarine neben
taufrischem Heidelbeerblau, gefolgt von
zartem Melonenorange, dessen Tönung die
Himbeeren optimal in Szene setzt, auch, weil die
behaarten, dunkelrosa Fingerhüte ungefragt hinein-
greifen in den kühlen Würfelmix aus Birnengrün und
Birnenweiß, fast schon kühn der Kontrast zum dunkelglän-
zenden Pflaumenviolett, während die Kombination mit dem
angrenzenden matten Orange der Mispel perfekte Harmonie
andeutet, danach fiebrig wächsernes Erdbeerrot, opakes,
blasses Bananengelb, anstelle des strahlend glänzenden
Orangenfruchtfleisches nun sattes Apricot, überleitend
zu seidig schillerndem Ananasgelb, der Kreis sich
schließend im sinnbetäubenden Rotflackern
durchscheinender Granatapfelkerne, ihr
Auftritt höchst wirkungsvoll vor
Nektarinengold.

Prächtig das Kunstwerk, zweifellos, aber ephemer.

Gaststar heute ein Töpfchen aus Glas, bernsteinfarben funkelnd, noch immer halb voll.

Ein letzter prüfender Blick über den Tisch, ja, alles da, nichts vergessen, nicht einmal die Servietten, kleine nur, das reicht zum Frühstück, die indischen mit den Elefanten, die sie so gerne hat.

Jetzt die passende Musik für den Tag.
Vivaldi, die Jahreszeiten.
Frühling.
Sommer.
Herbst.
Winter.
Ein Satz für jeden Monat.

Vivaldi verklungen, der Winter vorüber.

Der Honigtopf leer.

Gelbglanz der Nektarine ringförmig über dem Teller schwebend, warmes goldenes Licht …

Heidelbeerregen. Tanz der blauen, betauten Kugeln. Tanz. Fall. Aufprall. Ein leises Plaff …

Die Tauben vom Bosporus, singt die Melone, ob sie sie hörten.

Pa-schaal-sta
Pa-schaal-sta
Pa-schaal-sta

Himbeeren entsprießen Flügel.
Aus Haaren Fühler.
Schmetterlinge nun auf Birnengrün.

Rote Lichtkugeln im Pas de deux mit goldenen Lichtreflexen. Doppelschein. Doppelsein. Abendrot.

Duftschwere Banane. Betäubend süß.

Saft entfließt dem Mund der Aprikose, pflückreif die Frucht, zu Saft gewordener Schweiß.

Das helle Lachen der Ananas, Glöckchenklang.

Granatschimmer löst sich von blutroten Kernen, umhüllt die Geliebten, eng umschlungen.

Pflaume und Mispel, Geliebte von Ewigkeit zu Ewigkeit. Violett vermischt sich mit Orange. Liebesgesang:

Neuer Abschnitt, nicht wahr?
Neuer Abschnitt.
Kühner Schritt.
Kühner Schritt.
Zur richtigen Zeit.
Zur richtigen Zeit.
Leben außerhalb der Zeit.
Mythisch.

Bernsteinfarben der Honig.
Unser Honig.
Wie gut er sich gehalten hat.
Ewig Honig.
Honig für die Ewigkeit.
Pontischer Honig.

Philemon und Baucis.
Philemon.
Baucis.

Und weil wir die Jahre verbrachten
in Eintracht,
nehme dieselbe Stunde uns fort,
damit ich niemals schaue
der Gattin Grab,
noch sie mich bestatte.
Die Bitte wurde gewährt.
Sie hatten, solange sie lebten,
über den Tempel die Wacht.
Als sie einst
von Jahren geschwächt
und vom Alter
vor den heiligen Stufen standen,
und wie so oft davon sprachen,
was mit der Stätte geschehen,
sah Baucis,
wie Philemon,
sah Philemon, der Greis,
wie Baucis
sich sachte belaubte.
Da über beider Gesicht
aufstrebend gestalten
sich Wipfel,
wechselten Worte sie noch,
so lange sie konnten:
Leb wohl, o Gemahl,
sprachen beide zugleich
und zugleich vom Gezweige
verdeckt ward
ihr Mund.

Noch heute zeigt Thyniens Landsmann
dort aus zwei Leibern gesprosst
die zwei nah stehenden Stämme.

Ovid, Metamorphosen, VIII

Weitere Bücher der Autorin

Susanne Cho:
Im Bauch des Imperiums

Historischer Roman

Reihe: skepsis & leidenschaft / Band 4
skepsis verlag, Zürich 2009
Softcover, 400 Seiten, 3 Karten, Glossar, Zeittafel
ISBN 978-3-9521140-3-2

Susanne Cho
Arena der Ärzte

Historischer Roman

Reihe: skepsis & leidenschaft / Band 5
skepsis verlag, Zürich 2011
Softcover, 384 Seiten, Glossar, Zeittafel, 5 Karten,
3 Stammbäume, ISBN 978-3-9521140-6-3

Susanne Cho
stirb niemals

Augusta Raurica Roman

Reihe: skepsis & leidenschaft / Band 6
skepsis verlag, Zürich 2014
Softcover, 560 Seiten, Glossar, Götterverzeichnis,
43 Illustrationen, 8 Karten
ISBN 978-3-9521140-9-4

Susanne Cho
Schatten hört die Signale

Roman

Reihe: skepsis & leidenschaft / Band 8
skepsis verlag, Zürich 2016
Softcover, 464 Seiten, Glossar, Namensverzeichnis,
40 Illustrationen, 3 Karten
ISBN 978-3-9521140-7-0

Susanne Cho
Caesar und Cleopatra? Spiegelgefechte

Roman

Reihe: skepsis & leidenschaft / Band 11
skepsis verlag, Zürich 2018
Softcover, 400 Seiten, Glossar, Zeittafeln,
ISBN 978-3-9524188-3-3

Susanne Cho
Pygmalions Erbe – Mythomorphosen

Roman

Reihe: skepsis & leidenschaft / Band 13
skepsis verlag, Zürich 2020
Softcover, 318 Seiten, Glossar, Zeittafeln,
ISBN 978-3-9524188-8-8

Susanne Cho
Das Schicksal des Schicksals

Roman

Reihe: skepsis & leidenschaft / Band 15
skepsis verlag, Zürich 2022
Softcover, 351 Seiten, Anhang,
BoD ISBN 978-3-7568398-7-2